Gewagtes Wochenende

EDEN SUMMERS

Kapitel Eins

„MACH DICH LOCKER, Allie. Lass mich dir beim Entspannen helfen."

Alana wimmerte auf, als Mitchell die Worte sanft zu ihr sagte und dabei mit seinen Lippen ihr nacktes Schlüsselbein liebkoste. Sie wollte sich der Köstlichkeit seiner Berührung vollkommen hingeben. In seinem männlichen Duft versinken und sich nach allen Regeln der Kunst von ihm verführen lassen. Aber dazu würde es nicht kommen. Der Druck der bevorstehenden Hochzeit hatte dazu geführt, dass ihr Körper bis zum Zerbersten angespannt war. Dazu kam noch ihre Angst vor der Anwesenheit ihrer Mutter, dem Junggesellinnenabschied, der sie nach Las Vegas geführt hatte, und den Flitterwochen, die sie mittlerweile fürchtete. Die romantische Reise war zum Fluch ihrer Existenz geworden.

„Du bist so angespannt." Seine Stimme klang tief und kehlig, während er mit einer schwieligen Hand ihre Schulter massierte.

Sie atmete tief aus. „Ich kann nicht anders." Sie konnte es wirklich nicht. Der Adrenalinrausch, in dem sie sich befand, hielt nun schon viel zu lange an, um ihn vorübergehend beiseitezuschieben und sich zu entspannen.

Er führte sie zum Bett und sie ließ sich zurück auf die luxuriöse Hotelmatratze fallen, sodass ihr Verlobter ihre Beine spreizen und sich zwischen sie bewegen konnte. Er beugte sich über sie, sein nackter Körper noch nass von der Dusche, seine Muskeln glitzernd von den Wassertropfen. Es verging kein Tag, an dem sie nicht dankbar für die Veränderungen war, die er in ihr Leben brachte.

„Gott, du riechst gut", säuselte er und die rauen Bartstoppeln an seinem Kiefer streiften ihren inneren Schenkel. Er stützte sich auf seine Ellbogen und seine Lippen verzogen sich zu einem verruchten Grinsen, als sein Blick ihre heiße Mitte fand. „Ich habe den ganzen Tag versucht, dich allein zu erwischen."

Alana seufzte und wünschte sich, Erregung würde sie überkommen. „Es tut mir leid, aber ich habe dir gesagt, dass ich im Moment zu viel um die Ohren habe, um das hier zu genießen."

Er kletterte höher, die Wärme seiner Brust legte sich zwischen ihre nackten Beine, die Hitze seines Atems kitzelte über ihre Haut. „Klingt nach einer Herausforderung." Er senkte seinen Kopf und seine Lippen schwebten nur noch einen Hauch über ihrer Weiblichkeit. Lockten sie. Neckten sie. „Du hast so viel Arbeit in diese Hochzeit gesteckt. Lass mich eine Kleinigkeit für dich tun." Er presste seinen Mund auf ihre Muschi und teilte ihre Falten mit einem sanften Zungenschlag, bevor er sich zurückzog. „Was meinst du, Allie? Kann ich ein wenig mit dir spielen? Dir den schlimmsten Stress nehmen?"

Ihr Innerstes krampfte sich zusammen und ließ ein Kribbeln in ihren Bauch strömen, bis ihre Brustwarzen fest wurden.

„Das wird nicht so schwierig, wie ich dachte." Er gluckste und strich mit seiner Zunge über ihre Mitte. Im nächsten Moment legte er seine Arme um ihre Oberschenkel und hielt sie fest, während seine Lippen sich mit ihrer zarten Haut vereinten und mit jeder Berührung fordernder wurden.

Sie wand sich auf der Suche nach mehr Tiefgang, mehr Reibung. Ihre Finger glitten durch sein kinnlanges Haar und hielten ihn nahe an ihrem Körper. Doch genau in diesem Moment gewann ihr Verstand die Oberhand und ließ eine

Lawine an Fragen über sie hereinbrechen, die sie allesamt nicht beantworten wollte. Wie würde Mitchell sein Haar für die Hochzeit tragen? Hatte er vor, es stylen zu lassen? Oder schneiden? Würde er sich rasieren? War ihm klar, dass die Hochzeitsfotos in Zeitschriften, im Fernsehen und im Internet zu sehen sein würden?

„Der Moment ist vorüber, nicht wahr?" Er drückte ihr einen sanften Kuss auf ihren Venushügel.

Sie wimmerte. Es war so unfair. Der umwerfendste Rockstar lag zwischen ihren Schenkeln, seine gesamte Sorge galt allein *ihrem* Vergnügen, und trotzdem konnte sie sich nicht konzentrieren.

Zwei Finger neckten nun ihren Eingang, stupsten sie an und holten ihre Aufmerksamkeit zurück in die Gegenwart. Sie erschauderte, als ihr Körper nach mehr verlangte, und stöhnte, als sein Mund sich wieder zu ihrer Klitoris senkte, an ihr saugte und sie zum Pochen brachte.

„Das fühlt sich gut an", keuchte sie und ließ sein Haar los. Sie ließ ihre Hände über ihren Bauch gleiten, umfasste ihre Brüste und kniff ihre nun schmerzenden Brustwarzen.

Er ließ seine Finger tiefer in sie gleiten, drehte sie, zog sie zurück, wieder und wieder, und steigerte ihre Erregung, bis ihr einziger Gedanke ihrem bevorstehenden Höhepunkt galt. Sie brauchte diese Erlösung. Brauchte diesen kurzen Moment alles vereinnahmender Glückseligkeit, um die kommenden Tage zu überstehen. Aber vor allem brauchte sie ihn. Mitchell schaffte es immer, sie zu beruhigen.

„Ich will dich berühren", flüsterte sie. Die Härte seines Körpers spendete ihr Trost und milderte die starken Zweifel und großen Sorgen, die sie immer wieder überkamen. In Momenten wie diesen, wenn sie beide in einem Netz aus Lust und Leidenschaft gefangen waren, spielte nichts anderes eine Rolle. Es war das Einzige, was ihr half, einen klaren Kopf zu bewahren, obwohl sie in letzter Zeit zu angespannt gewesen war, es überhaupt erst zu versuchen.

Mitchell drückte sich nach oben, stützte sein Gewicht auf

seine Hände und durchdrang sie mit seinem haselnussbraunen Blick. „Habe ich jetzt deine volle Aufmerksamkeit?" Er beugte sich hinunter, um über ihren Bauch zu lecken, und hielt inne, als er ihre Brustwarze erreichte, um die feste Knospe in seinen Mund zu saugen. Er schnippte mit der Zunge darüber, bevor er sie mit einem schmatzenden Geräusch losließ. „Ist es jetzt still genug in deinem Kopf, damit ich deinen wunderschönen Körper genießen kann?"

Sie nickte und stützte sich auf ihre Ellbogen, sodass er sich hinknien musste. „Ich will dich berühren."

Er knurrte, fasste ihr in den Nacken und zog sie zu einem tiefen Kuss heran. Ihre Zungen berührten sich und der leichte Geschmack ihrer eigenen Lust drang in ihren Mund. Sie fuhr mit ihren Händen an seinem Körper hinunter, von seinen Schultern über die straffen Muskeln an seinem Bauch, um seine dicke Erektion zu greifen.

„Reib ihn", flehte er mit seinen Lippen an ihren. „Hart."

Nichts war ermächtigender, als zu wissen, dass Mitchell ihr ausgeliefert war. Doch anstatt sich zu fügen, ging sie auf alle Viere und legte ihre Lippen um die Krone seines Schwanzes. Seine Hände vergruben sich in ihren offenen Haaren und er stöhnte, als sie die ersten Lusttropfen von seinem Schlitz leckte.

Er zerrte an ihrem Haar, zog sie vorwärts und ermutigte sie, ihn tiefer aufzunehmen. „Mein Gott, Allie, du machst mich so verdammt hart."

Sie stützte sich mit einer Hand auf seinen Oberschenkel, um sich zu stabilisieren, und öffnete ihre Lippen ein wenig weiter, um ihn in den Mund zu nehmen. Ihre Zunge umspielte erst die Spitze seines Schwanzes und glitt dann an ihm entlang hinunter, während sie seinen Duft nach Seife und Männlichkeit genoss. Als sie mit ihrer freien Hand seinen straffen Hodensack berührte, zuckten seine Hüften nach vorne und die unwillkürliche Bewegung brachte sie zum Lächeln.

„Bitte, Baby. Bitte, lass mich deinen Mund ficken."

Als Antwort lockerte sie ihren Sog um seinen Schwanz und

ließ ihre Lippen bis zu seinem Ansatz hinuntergleiten, wobei sie sich an dem tiefen Stöhnen erfreute, das sie damit auslöste.

Er stieß mit kurzen, gezielten Stößen in sie. „Sieh mich an." Er umfasste ihre Wangen und sie sah in seine glasigen Augen. „Du bist ein Traum, weißt du das? Ein atemberaubend schöner, sexy, vollkommen perfekter Traum. Ich kann es kaum erwarten, bis du für immer mir gehörst."

Alana zuckte bei der Erinnerung an die Hochzeit zusammen und brach den Blickkontakt ab, um sein Glück nicht zu stören. In dieser kurzen Zeit gab es so viel zu organisieren – der letzte Schliff am Sitzplan musste gemacht und die Flughafentransfers für Gäste von auswärts organisiert werden, und dann waren da noch die Flitterwochen. Diese verdammte Reise schickte sie auf direktem Weg in Richtung Nervenzusammenbruch.

„Hey." Seine Hände umspielten ihren Hals, forderten ihre Aufmerksamkeit ein und die Dominanz seiner Geste ließ sie erschaudern. „Komm zurück zu mir." Er zog sich aus ihrem Mund zurück und ermutigte sie, sich aufzurichten, sodass sie sich Brust an Brust begegneten. Sein Arm schlang sich um ihre Taille, während er sich auf seine Fersen setzte und ihren Körper mit sich zog.

Sie kletterte auf seinen Schoß, starrte ihm in die Augen und wünschte sich, er würde ihr all die Anspannung nehmen. Ihre Hochzeit musste perfekt werden. Die ganze Welt würde ihn daran messen – sie beide – und einen märchenhaften Tag zu orchestrieren, war die eine Sache, die sie ihm für alles, was er jemals für sie getan hatte, zurückgeben konnte. Er hatte ihr ein Leben fernab ihrer behüteten Kindheit und Jugend gezeigt. Hatte ihr einen Job verschafft, der es ihnen ermöglichte, zusammen zu sein. Und er kam für eine Hochzeit auf, die einer Königin würdig war, und hatte sich nicht ein einziges Mal über die Kosten beschwert.

Im Gegenzug überhäufte sie ihn mit ihrer Liebe, nur schien ihr das nicht genug zu sein. Sie wollte ihm diesen einen besonderen Tag schenken, der der Welt zeigen würde, wie viel sie einander bedeuteten. Sie musste seine Fans davon überzeugen, dass sie seiner würdig war. Und vielleicht musste sie es tief in ihrem Inneren auch noch sich selbst beweisen.

Die Spitze seines Schaftes legte sich an ihren Eingang, glitt durch ihre feuchte Erregung und unterbrach ihren Gedankengang. Mit einem harten Stoß drang er in sie ein und entlockte ihrer Kehle einen Aufschrei der Lust.

„Das ist mein Mädchen", gurrte er und beugte sich vor, um mit seinen Zähnen an der Seite ihres Kiefers zu knabbern.

Sie drückte ihren Rücken durch, presste ihr Becken gegen ihn und suchte nach Reibung an ihrer Klitoris. Sein Mund wanderte tiefer, fand ihre Brust, leckte darüber, saugte daran, heizte ihren Körper weiter an und fegte ihren Geist leer.

„Schneller", flehte sie.

Bei seinem nächsten Stoß quietschte das Bett und sie stöhnten gemeinsam auf, bevor sie sich aufrichtete, seinen Mund energisch eroberte und die Bewegungen ihrer Zunge mit der seinen in Einklang brachte. Es war ein feuriger Tanz der Lippen, der Körper und Hände. Ihre Finger strichen über seinen Rücken und brachten ihn dazu, aufzuzischen und ihren Kuss flüchtig zu unterbrechen, bevor er seine Lippen wieder auf die ihren presste, diesmal mit noch mehr Begierde.

Es fühlte sich gut an, sich treiben zu lassen, die Welt, die Zukunft und ihre nicht enden wollende Liste an Aufgaben zu ignorieren und sich einfach dem Genuss hinzugeben. Ihr Körper vibrierte, ihr Blut kochte, und mit jedem kräftigen Stoß seiner Hüften wurde sie entschlossener, ihre Sorgen zu vergessen.

„Ich werde dich so hart kommen lassen, Allie", knurrte er in ihren Mund, während ihre Nasenrücken sich bei jedem Aufwärtsstoß seines Beckens berührten.

Sie wusste bereits, dass er das tun würde. Er tat es immer. Doch allein das Versprechen schickte ihr immer noch einen hitzigen Schauer der Vorfreude durch den Körper. Er legte seinen Zeigefinger an ihre Lippen, schob ihn ihr in den Mund und drückte ihn gegen ihre Zunge. Unsicher, was er wollte, saugte sie daran und leckte ihren eigenen Geschmack von seinem Finger, bis er ihn zurückzog.

Sein Blick verengte sich und glitt bewusst über ihren Körper, während er seinen Arm um ihre Taille und ihren Po wandern ließ, wo er ihre Hautfalte neckte.

Sie schüttelte den Kopf als Antwort auf seine Andeutung und packte ihn wie zum Nachdruck fest an den Haaren. Er liebte es, mit ihrem Arsch zu spielen, mit seinen Fingern über die empfindliche Stelle zu streichen und sie zum Zittern zu bringen. Die Verruchtheit davon erregte sie, aber er ging nie weiter. Sie war sich nicht sicher, ob sie das wollte.

„Entspann dich."

Ihr rasendes Herz tat das Gegenteil und schlug nur noch schneller, als er Druck auf ihr fest zusammengezogenes Loch ausübte. „Mitchell", ihre Stimme schwankte zwischen einer Warnung und einem Flehen.

„Lass mich ein bisschen spielen."

Seine Bewegungen wechselten von lustvoll, heiß und begierig zu sanft, zärtlich und langsam. Seine Stöße wurden geschmeidiger und er kostete sie aus, während sein freier Arm sie um die Taille festhielt. Sie rieb sich an ihm und konzentrierte sich auf das gleitende Gefühl seines Schwanzes, anstatt sich um den Ort zu kümmern, an dem seine Hand verweilte. Ihren Kopf lehnte sie an seine Schulter, küsste seinen Nacken und wünschte, sie könnte seine schmutzigen Gedanken lesen.

„Vertraust du mir?", murmelte er neben ihrem Ohr und ließ seinen Finger mit etwas mehr Druck um ihren jungfräulichen Eingang kreisen.

Sie schüttelte den Kopf. „Nicht, wenn deine Hand dort ist."

Er lachte auf und knabberte an ihrem Ohrläppchen. „Es wird dir gefallen."

„So sicher wie du bin ich mir da nicht."

Er verstärkte den Druck weiter und war nicht mehr weit davon entfernt, in sie einzudringen. Scham erhitzte ihre Wangen dabei, wie sich ihre Muschi in einer bedürftigen Reaktion zusammenzog. Ihr lasziver Körper war vielleicht begierig darauf, ein neues Spiel zu spielen, nur ihr Verstand hatte diese Stufe noch nicht erreicht.

„Entspann dich um meinen Finger."

Ihre Wirbelsäule versteifte sich, ihre Muskeln zogen sich zusammen. Er gluckste wieder, lang und tief an ihrem Ohr, ließ sich weiter zwischen ihre Schenkel sinken und steigerte das Vergnügen in ihrem Inneren, bis sie sich energisch an ihm rieb, die Reibung seiner Brust an ihren Brüsten genoss und sich immer mehr entspannte.

„Das ist es", murmelte er, knabberte an ihrem Hals und leckte über ihr Schlüsselbein.

Sein Finger durchbrach den engen Muskelring und sie keuchte bei dem Gefühl auf. Sie verspürte keinen Schmerz, kein Unbehagen, nur einen köstlichen Druck, der die Wärme in ihrer Muschi weiter anheizte.

„Verdammt, Allie. Du bist so verdammt heiß."

Die Stöße seines Schwanzes nahmen zu, während sein Finger tiefer glitt. Ein ekstatischer Rausch vereinnahmte sie. Ihre Hüften schaukelten, härter, schneller, und sie klammerte sich an ihn und schloss die Augen, als ihr Orgasmus jenen Punkt erreichte, an dem es kein Zurück mehr gab.

„Ich bin … ich bin …", wimmerte sie, denn sie wollte diese Glückseligkeit noch einen Moment lang hinauszögern, obwohl sie keine Kontrolle darüber hatte.

Mitchell stöhnte in ihr Ohr, pumpte mit harten Stößen und stieß sich kraftvoll in sie hinein. Sein Haar streifte bei jeder Bewegung ihre Wangen, während eine Hand auf der Spalte ihres Hinterns ruhte und die andere ihren Rücken festhielt und ihren Nacken umfasste, sodass sie Brust an Brust lagen.

Mehr Druck verursachte ein Brennen an ihrer Öffnung, als er einen weiteren Finger in sie schob. Diesmal dehnte er sie auf und seine Bewegungen lösten einen Schmerz aus, der ihr noch mehr Vergnügen bescherte. Ihre Muschi und ihr Arsch waren jetzt beide so köstlich voll. Verdammt, sie konnte nicht mehr. Ihr Körper übernahm die Führung – ihr Rücken bäumte sich auf, während sich ihre Muskeln um seinen Schwanz klammerten und sich in einer Welle nach der anderen zum Höhepunkt steigerten. Ihr Blick verschwamm und so schloss sie die Augen und ließ sich von der puren Glückseligkeit überwältigen.

Seine Lust wuchs weiter mit jedem seiner harten, fordernden Stöße, und dann erfüllte sein Stöhnen den Raum. Als er langsamer wurde, ließ das Pochen ihres Herzens nach, und sie sackte gegen ihn zusammen und ließ sich auf seine Brust fallen, die sich atemlos hob und senkte. Zufrieden und erschöpft kämpfte sie darum, ihre müden Augen wieder zu öffnen, ihre Glieder nun träge.

„Du solltest ein Nickerchen machen", flüsterte Mitchell in ihr Haar, während sein schlaffer werdender Schwanz aus ihrem Körper glitt.

„Ich kann nicht. Die Junggesellinnenparty beginnt in etwas mehr als einer Stunde."

Er lehnte sich zu ihr, drückte sie mit dem Rücken auf die Matratze und zog seine Finger aus ihrem Arsch. Sie war feucht zwischen den Schenkeln und das Kribbeln dort, wo seine Hand gerade noch gewesen war, brachte ihre Wangen zum Glühen. Der Sex zwischen ihnen war nie langweilig. Mitchell hatte gewollt, dass sie alles kennenlernte, was das Leben zu bieten hatte, und hatte sich dabei vorrangig auf die Freuden im Bett konzentriert. Aber Analsex hatte nie auf der Liste gestanden. Sie hoffte nur, dass zwischen ihnen dadurch keine seltsame Stimmung aufkommen würde – besonders so kurz vor der Hochzeit.

Oh, wem machte sie etwas vor? Mitchell würde immer selbstbewusst und reuelos sein, egal, wie schmutzig es zwischen ihnen wurde. Sie war diejenige, die immer noch ein wenig zu sehr mit ihrer Unerfahrenheit haderte.

Er rollte sich vom Bett und beugte sich für einen kurzen Kuss zu ihr hinunter. „Eines Tages wird es mein Schwanz sein, der deinen Arsch fickt." Seine Mundwinkel zuckten. „Und ich sage dir jetzt schon, Süße, du wirst es lieben."

Sie biss sich auf die Lippe und versuchte, sich vom Zwinkern, das er ihr zuwarf, bevor er ins Bad ging, nicht beeindrucken zu lassen. Er war der Teufel. Nur dass sich seine Berührungen wie der Himmel anfühlten und kein bisschen wie die Hölle. Sie schlüpfte unter die Decke und warf einen Blick auf die Nachttischuhr. Würde sie ihre Augen nur zwanzig Minuten ausruhen, hätte sie immer noch Zeit, sich für den Junggesellinnenabschied fertig zu machen.

„Ruh dich kurz aus." Mitchell schlenderte zurück ins Zimmer und kletterte auf das Bett, um sich von hinten an sie zu kuscheln. „So hast du mehr Energie für die Party heute Abend."

„Mehr Energie, um dich bei der Flitterwochen-Challenge zu schlagen, meinst du?"

Er schwebte über ihr und drückte ihr einen Kuss auf die Schulter. „Ja, meine Schönheit. Bei dem, was ich vorhabe, wirst du alle Energie brauchen, die du kriegen kannst."

Sie ignorierte seine Stichelei, schloss die Augen und versank in der Wärme seiner Brust an ihrem Rücken. „Weckst du mich nachher?"

Er strich mit den Lippen über ihr Haar und legte einen Arm um ihre Taille. „Sicher, mein Schatz. Entspann dich einfach und schlaf ein wenig."

Kapitel Zwei

ALANA SCHRECKTE aus dem Schlaf hoch.

„Oh, Scheiße." Mitchell setzte sich so energisch auf, dass die Matratze wackelte. „Ich bin eingeschlafen."

„Was?" Alana rieb sich die Müdigkeit aus den Augen und streckte sich. Er warf die Decke zurück und hüpfte aus dem Bett. „Schätzchen, die Jungs klopfen schon an die Tür. Wir haben über eine Stunde geschlafen."

Sie schüttelte den Kopf, während ihr Herz von einem entspannenden Rhythmus des Schlafes wieder in jenen Panikmodus überging, der sie seit Wochen fest im Griff hatte. „Nein." Sie warf einen Blick auf die Nachttischuhr und stieß einen niedergeschlagenen Schrei aus.

Verdammt noch mal. Hastig sprang sie vom Bett und rannte ins Bad. Eine fünfsekündige Dusche war alles, was sie brauchte, um die Spuren ihres Liebesspiels von ihrem Körper zu entfernen. Dann war sie wieder draußen und rannte nackt ins Schlafzimmer, um sich ihre Kleider zu schnappen.

„Siehst gut aus, Al", sagte Mason vom Wohnzimmer aus.

Sie schrie auf und stolperte über ihre Füße, als sie hastig die Tür zuschlug. *Idiot.*

Warum zum Teufel hatte Mitchell die Tür offengelassen? Diese Panik konnte sie nicht gebrauchen. Der heutige Abend sollte entspannend sein. Nun, so entspannend wie die Herausforderung, ihr Wunschziel für die Hochzeitsreise durchzusetzen, eben sein konnte.

Vor einigen Wochen hatte ihr frustrierend schöner Verlobter ihren Stress noch gesteigert, indem er angekündigt hatte, er wolle einen Abenteuerurlaub auf einer einsamen Insel machen. Die „einsame Insel" klang fantastisch. Der Teil „Abenteuer" nicht so sehr. Auf der Website des Veranstalters war eine vom Wetter stark mitgenommene Hütte an einem weißen Sandstrand abgebildet gewesen, und es wurde erklärt, dass die Gäste die „einzigartige Erfahrung machen würden, auf eigene Faust Nahrung und Wasser zu finden."

Wohl eher nicht.

Jedes der bildlichen Worte, mit denen das Unternehmen geworben hatte, ließ sie an Mitchells Verstand zweifeln. Er war kein Naturliebhaber und obwohl er den Großteil der Flitterwochen bezahlte, weigerte sie sich zu glauben, dass der Kampf gegen Dehydrierung und Hunger jemals auf dem Programm eines frisch verheirateten Paares stehen sollte.

Als sie sich gegen den Vorschlag gewehrt, und es sich dabei verkniffen hatte, ihm Geisteskrankheit zu unterstellen, hatte er gelächelt und sie aufgefordert, ihm einen besseren Vorschlag zu machen. Und das hatte sie. Aber anscheinend war eine luxuriöse Villa auf den Malediven nicht seine Vorstellung von perfekten Flitterwochen.

Um eine Lösung zu finden, hatte er sich die Challenge für den heutigen Abend ausgedacht – eine weitere Veranstaltung, die sie unnötig unter Druck setzte. Beide Partygesellschaften würden eine von der anderen Gruppe erstellte Liste mit Aufgaben erhalten, die innerhalb eines bestimmten Zeitrahmens erledigt werden mussten. Wer zuerst fertig war, würde gewinnen und dürfte entscheiden, wo sie ihre Flitterwochen verbrachten.

Sie schnappte sich ihre Unterwäsche aus dem Koffer und das etwas kürzer als knielange silbern schimmernde Kleid aus dem Kleiderschrank und zog sich in Rekordzeit an. Dann rannte sie zurück ins Bad, um sich in Windeseile zu schminken.

„Tut mir leid, ich hätte die Tür schließen sollen." Mitchells Stimme ließ sie aufschrecken. Er lehnte gegen den Türrahmen, ein weißes Handtuch um seine schlanke Taille geschlungen. „Babe, du musst dich entspannen. Der heutige Abend soll doch Spaß machen."

Sie lächelte sein Spiegelbild an und schraubte ihre Wimperntusche zu. „Ich werde ganz locker sein, sobald ich ein oder zwei Gläser Wein getrunken habe." Oder so viele, wie sie brauchte, um das Adrenalin in ihren Adern zu verdünnen.

„Du siehst umwerfend aus – wie immer."

„Danke." Sie ließ das Mascara-Röhrchen auf den Waschtisch fallen, ging auf ihn zu und drückte ihm einen schnellen Kuss auf die Wange. „Ich bin weg, sobald ich meine Strümpfe und Stiefel angezogen habe."

„Okay." Er zog sie an seinen Körper und sie verschaffte sich mit einer Handfläche an seiner Brust ihr Gleichgewicht. Sie hatte alle Mühe, die Hitze in seinen Augen und die Verführung auf seinen Lippen zu ignorieren.

Keine Zeit. Keine Zeit. Keine Zeit.

„Ich gehe jetzt duschen. Ich hoffe, du hast eine tolle Nacht." Dann griff er nach ihrem Hinterkopf und küsste sie hart und fordernd. Als sie beide nach Luft rangen, blickte er zu ihr hinunter. „Ich wünsch dir viel Spaß, aber nicht zu viel, okay?"

Alana klopfte an die Tür von Gabis Suite, schon zwanzig Minuten zu spät. Sie traf sich hier mit den Mädels, um ihren Junggesellinnenabschied in Las Vegas einzuläuten, während die Jungs noch in ihrer eigenen Suite blieben und flaschenweise Scotch und Bourbon tranken.

Das Klacken hoher Absätze hallte von der anderen Seite des schweren Holzes wider. Einen Moment lang herrschte Stille, dann öffnete Gabi schwungvoll die Tür mit zwei Champagnerflöten in einer Hand.

„Ich habe mir schon Sorgen gemacht." Gabi reichte ihr ein

Glas der sprudelnden Flüssigkeit und sah in ihren roten Stilettos und dem schwarzen Partykleid einfach hinreißend aus.

Alana trat ein und zuckte entschuldigend zusammen. „Tut mir leid. Wir sind eingeschlafen."

„Oh, ich wette, das seid ihr." Gabi schürzte ihre Lippen, nur erreichte das Lachen nicht ihre Augen. Als die Tür zufiel, hielt Alana inne und musterte die Gesichtszüge ihrer Freundin.

Irgendetwas stimmte nicht. Sie konnte es an Gabis hängenden Schultern und dem wenig überzeugenden Lächeln sehen.

„Alles in Ordnung, Gab?"

„Natürlich." Gabi nickte, nahm einen Schluck aus ihrem Glas und wich Alanas Blick aus.

Alana klemmte sich ihre Handtasche unter den Ellbogen und hielt sich an Gabis Unterarm fest, während diese sich auf den Weg den Flur hinunter machte. Als ihre Freundin sich dabei versteifte, schlug Alanas ohnehin schon hektisches Herz als Antwort wie wild. „Gabi?"

Angsterfüllte Sekunden vergingen, bevor Gabi ihr in die Augen sah. „Ich komme schon klar." Sie setzte ein nicht gerade enthusiastisches Lächeln auf. „Ich brauche nur eine Nacht mit euch Mädels."

Alana ließ ihre Hand auf ihre Seite sinken. Sie hatte Blakes Verlobte bisher nur einmal so erlebt – auf Alanas Verlobungsfeier. Selbst während der emotionalen Achterbahnfahrt, die ihr die Aufgabe beschert hatte, ihren Lebensmittelpunkt in die Staaten zu verlagern, war Gabi ruhig und fröhlich geblieben und hatte ihr ansteckendes Grinsen kaum jemals abgelegt. „Ist mit dir und Blake alles in Ordnung?"

Gabi nickte. „Alles in Ordnung." Sie deutet mit dem Finger in den Flur und drehte sich dann auf ihren Zehenspitzen um. „Die Mädels warten im Esszimmer auf dich." Ohne ein weiteres Wort schritt sie davon.

Alana stand wie angewurzelt da und wusste nicht, was sie tun sollte. Erst vor ein paar Augenblicken hatte sie noch in ihrer eigenen Suite mit Blake gesprochen. Er war der fröhliche Klugscheißer in Person gewesen, als den sie ihn kannte. Doch Gabi verhielt sich alles andere als normal – es lag kein Humor in ihrem Gesichtsausdruck, es strahlte kein Licht in ihren Augen.

Alana nahm einen nicht besonders damenhaften Schluck aus ihrer Champagnerflöte und redete sich ein, dass sie sich keine Sorgen machen musste. Sie hatte schon genug um die Ohren, ohne sich noch mehr Probleme einzuhandeln. Ein Abend des Trinkens, der Spiele und des Lachens würde ihnen allen guttun. Nun, wahrscheinlich nicht Alanas Mutter. Es war keine gute Idee, eine sich von ihrer Androphobie erholende Frau in die Partyhauptstadt der Welt zu bringen. Aber ihre Mutter selbst war diejenige gewesen, die ihr angeboten hatte, bei ihrer Junggesellinnenparty dabei zu sein. „So kann ich wieder einmal Vegas besuchen und gleichzeitig meinen Psychiater besänftigen", hatte ihre Mom gesagt.

Gabi blieb am Ende des kurzen Flurs stehen und winkte sie zu sich. „Komm schon. Wir haben schon vor einer Weile mit dem Champagner angefangen. Du hast viel aufzuholen."

Alana erlaubte sich ein entspanntes Kichern. Natürlich hatten sie das. Die Frauen ihrer Hochzeitsgesellschaft hatten sich mehr auf den heutigen Abend gefreut als sie selbst. Kate, ihre beste Freundin aus Richmond, Gabi und Leah hatten wie Schulmädchen gekichert, als sie die Herausforderungen für die Mitglieder der Reckless-Band geplant hatten. Und sie waren gespannt darauf, was sie als Gegenleistung erhalten würden.

„Ich hätte auch nichts anderes erwartet." Alana schloss zu Gabi auf und nebeneinander schlenderten sie durch dem Bogen hindurch, der ins Esszimmer führte.

„Guten Abend, meine Damen." Alana betrachtete den großen Tisch, auf dem Häppchen und gefüllte Champagnerflöten standen. Wären da nicht Mitchells verdammte Mutproben gewesen, wäre sie am liebsten hiergeblieben, hätte sich die Schuhe ausgezogen und sich in aller Ruhe unterhalten.

Ihre Mutter schnalzte mit der Zunge. „Du kommst zu spät zu deiner eigenen Party."

Die Tatsache, dass ihre einzige elterliche Bezugsperson

anwesend war, stellte eine ganz eigene Herausforderung dar. Dennoch war Alana sehr erleichtert, dass ihre Mutter an ihre Grenzen ging und sich nach Kräften bemühte, einige jener psychologischen Probleme zu überwinden, die sie jahrelang an ein Leben in relativer Abgeschiedenheit gebunden hatten.

Alana umrundete den Tisch, ging an Leah und Kate vorbei, bis sie ihre Mutter erreichte, und drückte ihr einen sanften Kuss auf die Wange. „Du siehst toll aus." Die dunkelrosa Bluse und die Jeans waren eleganter als die alten, abgetragenen Klamotten, die sie draußen in ihrem Schutzhaus auf dem Land trug, aber sie hoben sich immer noch stark von den Outfits ab, die der Rest von ihnen trug.

„Danke. Du siehst ..." Ein prüfender Blick wanderte an Alanas Körper hinauf und wieder hinunter. „...angemessen gekleidet aus für Vegas."

Kate schnaubte und Leah räusperte sich.

„*Danke.*" Alana legte ihre Handtasche auf den Tisch und nahm einen weiteren Schluck des sprudelnden Getränks.

„Hat Mitch die Liste mit den Challenges schon gemailt?", fragte Leah und steckte sich ein Stück Käse in den Mund.

„*Verdammt.*" Alana setzte sich und öffnete ihre Handtasche, um ihr Handy herauszuholen. „Ich hatte noch keine Gelegenheit, unsere an sie weiterzuleiten." Sie entsperrte ihren Bildschirm und sah eine ungeöffnete E-Mail von Mitchell. Bevor sie sie las, scrollte sie zu ihrem Entwurfsordner, in dem die Liste für die Jungs gespeichert war, und drückte auf Senden. „Erledigt. Okay, mal sehen, was wir zu tun haben."

Ihr wurde flau im Bauch. Bei Kalibern wie Mason, Sean, Blake und Ryan konnte sie sich vorstellen, wie sehr sie sich ins Zeug legen musste, um die Flitterwochen ihrer Wahl zu erkämpfen.

„Hm ..." Sie las die erste Mutprobe, brach ab und las sie noch einmal.

„Was?" Kate lehnte sich in ihrem Stuhl vor. „Sind sie schlimm?"

„Nein." Alana überflog die Liste und ihr Grinsen wurde mit jedem Wort breiter. „Ich glaube,

wir haben sie so richtig bei den Eiern, Mädels ... Nur werden uns die Jungs hinterher umbringen. Die Sachen, die sie aufgelistet haben, sind ziemlich lahm im Vergleich zu dem, was wir ihnen geschickt haben."

Gabi setzte sich an das Kopfende des Tisches, während Kate ungeduldig mit einem manikürten Nagel klopfte. „Sitz nicht einfach so da, sag uns, was sie geschrieben haben."

„Okay, los gehts." Alana räusperte sich und versuchte, nicht zu lachen, als sie die erste Zeile noch einmal las. „Nummer eins – eine Person muss Alligatorensperma schlucken und dann Sex on the Beach mit einem Cock-Sucking-Cowboy haben."

„Damit bin ich raus", verkündete Alanas Mutter. „Ich weiß, dass sich dein Leben durch diese *Rockstars* verändert hat. Aber ich werde auf keinen Fall mitmachen, wenn es um Sex und Alligatorensperma geht."

Leah schlug sich eine Hand vor den Mund, saugte ihre Wangen ein und riss die Augen auf, zweifellos um zu verhindern, dass Champagner quer über den Tisch spritzte.

„Mom, das sind alkoholische Getränke. Einer von uns muss alle drei trinken, eines nach dem anderen, und das wars."

„Oh." Ihre Mutter schnaubte. „Tut mir leid. Ich habe ‚Sperma' gehört und mein Gehirn hat ausgesetzt."

„Ich mache es", sagte Gabi leise. „Gott weiß, ich könnte jetzt ein paar starke Drinks gebrauchen."

Alana schenkte ihr ein trauriges Lächeln, doch Gabi sah weg und starrte auf den Boden ihrer Champagnerflöte, während sie den letzten Rest davon leerte.

„Was kommt als Nächstes?", fragte Kate.

Alana ignorierte die Stimme in ihrem Gewissen, die sie dazu aufforderte, herauszufinden, was mit Gabi los war, und richtete ihren Blick wieder auf das Display ihres Handys. „Ein Piercing irgendwo am Körper." Als sie wieder aufblickte, machten Leah und Kate lange Gesichter.

„Waren sie mit dem ‚irgendwo‘ nicht konkreter?“, fragte Leah ungläubig.

„Nein.“ Alana schüttelte den Kopf. „Wie ich schon sagte, ihre Mutproben sind ziemlich lahm im Vergleich zu unseren. Eine von uns könnte sich ein Ohrloch stechen lassen und das würde schon reichen.“

„Ich kann nicht glauben, dass sie so gnädig sind.“ Kate stieß sich vom Tisch ab. „Tja, ich schätze, so haben wir zumindest hinterher mehr Zeit, uns zu amüsieren. Wir können die Herausforderungen innerhalb der ersten Stunde erledigen und dann direkt ins *Thunder from Down Under* gehen.“ Sie drehte sich um und ihre Absätze klackten auf den Fliesen, als sie in Richtung Küche ging.

Leah nickte. „Klingt gut.“

„Moment noch.“ Alana hob eine Hand, damit ihr alle zuhörten. „Einige dieser Aufgaben brauchen Zeit und die Regeln besagen, dass wir sie bis zehn Uhr erledigt haben müssen. Bei Nummer drei steht, dass wir jeweils einen Fünf-Dollar-Chip aus zehn verschiedenen Casinos auftreiben müssen.“

„Nun, das ist doch zumindest etwas, was ich tun kann“, bot Alanas Mutter an.

„‚Vier – macht eine Stripperin an und holt euch ihre Nummer.‘“

Kate schlenderte zurück in den Raum und stellte eine weitere Flasche Champagner in die Mitte des Tisches. „Das erledige ich. Mit Frauen kenne ich mich aus.“

Alanas Mutter gab ein ersticktes Geräusch von sich, das von allen ignoriert wurde.

„Und ‚Nummer fünf – lasst euch einen Brazilian Wax machen‘“, grinste Alana. „Das ist ein Kinderspiel für mich, denn ich habe sowieso einen Termin für morgen vereinbart.“

Leah schüttelte verwirrt den Kopf. „Ist das alles?“

„Ja.“ Alana nickte. Die Jungs mussten einen seltenen Anflug von Ritterlichkeit erlebt haben.

„Ich wette, Mason ist unsagbar genervt“, fuhr Leah fort. „Mitch muss einige Vorschläge abgelehnt haben.“

„Das ist mir egal." Alana zuckte mit den Schultern und griff nach ihrer Champagnerflöte. „Solange ich nicht in höllische Flitterwochen fahren muss, interessiert es mich nicht, wie genervt die Jungs sind. Aber ich würde gerne ihre Gesichter sehen, wenn Mitchell ihnen ihre Liste vorliest."

Kapitel Drei

„JEDER VON UNS muss sich eine Schönheitsbehandlung in einem Salon machen lassen", murmelte Mitch, von der ersten Herausforderung auf der Liste nicht beeindruckt. „Und zwei davon müssen ein Augenbrauen-Waxing und ein Brazilian sein."

„Verpiss dich", knurrte Mason. „Erstens nimmt diese ganze ‚Kämpfe um deine Flitterwochen'-Geschichte wertvolle Stripperinnen-Zeit weg. Und zweitens hast du uns dazu gezwungen, mädchenhafte, lahmarschige Herausforderungen für die Mädels auszusuchen, aber einer von uns muss sich einen Brazilian machen lassen? Auf gar keinen Fall."

Mitch stieß einen Seufzer aus. Das Letzte, womit er sich heute Abend beschäftigen wollte, war Masons Nörgelei. „Beruhige dich." Er nahm einen großzügigen Schluck von seinem Scotch und fragte sich, ob die Spiele heute Abend ein so guter Plan waren.

Der Wettkampf war nicht seine Idee gewesen. Er hatte nur dem Vorschlag von Leah und Gabi zugestimmt, Alana eine Nacht wilder Verrücktheiten zu schenken, weil sie es verdient hatte. Er wusste besser als jeder andere, dass seine Verlobte sich dringend austoben musste. Nicht nur wegen des ganzen Trubels um ihre Hochzeit, sondern auch wegen ihrer isolierten

Kindheit. Er wollte, dass sie unendlich viel Spaß hatte, nur den Kopf wollte er nicht dafür hinhalten.

Leah und Gabi hatten alles geplant. Sie hatten sich sogar die falsche Destination für die Flitterwochen überlegt, damit es einen plausiblen Grund für die ganze Challenge gab. Auf diese Weise würde Allie nicht Gefahr laufen, ihren Junggesellinnenabschied in ihrer Hotelsuite zu verbringen, Champagner zu schlürfen und beschauliche Gespräche zu führen.

Aber ein Brazilian? Bei einem Kerl? Heilige Scheiße, das musste doch wehtun.

Die Jungs starrten ihn mehr oder weniger ungläubig und verärgert an – Sean, Mason, ihre beiden Bodybuard, selbst Ryan wirkte nicht erfreut. Der Einzige, der nicht völlig sauer zu sein schien, war Blake, der ihm gegenüber auf der Couch saß, die Beine übereinandergeschlagen hatte und ihn wissend angrinste.

„Was grinst du so bescheuert, Mann?" Sean reckte Blake sein Kinn entgegen. „Bist du flachgelegt worden, oder was?"

Blake schüttelte den Kopf. „Schön wärs. Ich habe die letzten sechs Tage in Richmond mit diesem mürrischen Sack hier verbracht." Er deutete mit dem Daumen in Masons Richtung. „Als ich nach Hause kam, surfte Gabi auf der purpurnen Flut, also hätte ich keine Chance gehabt, selbst wenn ich es versucht hätte."

„Und was soll dann das Grinsen?", fragte Ryan.

Blake breitete seine Arme entlang der Sofalehne aus. „Darf ein Mann sich nicht darüber freuen, Zeit mit seinen Freunden zu verbringen?"

„Du weißt, was auf der Liste steht, oder?", fragte Mitch und ihm schwante Übles. Blake war die einzige Person auf ihrer Junggesellenparty, die wusste, dass die ganze Sache mit den Flitterwochen nicht echt war. Doch hinter dem Glanz in den Augen seines besten Freundes steckte mehr.

„Gabi hat mir vielleicht den einen oder anderen Hinweis gegeben." Blake wandte seinen Blick zu Mason. „Und warum zum Teufel regst du dich so auf wegen des Brazilians? Haben wir dasselbe nicht auch auf die Liste für die Frauen gesetzt?"

„Das ist ein verdammt großer Unterschied, Bruder", schnaubte Mason. „Frauen lassen sich die ganze Zeit im Höschen enthaaren."

Sean räusperte sich. „Ich mache es."

Es folgte eine verblüffte Stille.

Mitch, wie auch alle anderen im Raum, richtete seine Aufmerksamkeit auf Sean.

„Was ist?" Sean runzelte die Stirn und senkte den Blick auf das Glas in seinen Händen. „Ich habe das schon einmal machen lassen. Keine große Sache."

„Du hast das schon einmal machen lassen", wiederholte Mason und betonte die Worte langsam und bewusst. „Du hast dir die Haare an den Eiern ausreißen lassen, nur so zum Spaß?"

„Es ist ja nicht so, dass dabei nichts für mich herausgesprungen wäre. Hinterher hat sie mir die Stange poliert."

„Kosmetikerinnen sind keine Nutten. Das weißt du doch, oder?", fragte Ryan. „Ein Blowjob ist nicht Teil der Behandlung."

Sean zuckte mit den Schultern. „Bisher hat mich noch keine der Damen im Stich gelassen."

„Okay", sagte Blake künstlich in die Länge gezogen und mit aufgerissenen Augen. „Wir wissen also jetzt, wer schon bald aus dem Schönheitssalon geworfen wird. Was steht noch auf der Liste?"

„,Nummer zwei – ein Schmetterlingstattoo an einer sichtbaren Stelle.'"

Wieder Schweigen.

„Ich hasse dich dafür, dass du meine Challenge mit den Lesbenspielchen von der Liste gestrichen hast", murmelte Mason.

„Gut. Ich lasse mich stechen", murrte Mitch. „,Nummer drei – prellt die Zeche.' Ich denke, da können wir alle mitmachen."

„Und wenn wir verhaftet werden und Leah sich mit dem dazugehörigen PR-Albtraum herumschlagen muss, wird es diese Höllennacht wert sein", stellte Ryan fest und rollte mit den Augen.

Mason beugte sich vor, um sich eine Handvoll Chips aus der Packung auf dem Couchtisch zu nehmen. „Ich bin versucht, mich festnehmen zu lassen, nur um dir eins auszuwischen."

„,Nummer vier – wechselt zehn Dollar in Pennys. Einer von euch muss sie für den Rest der Nacht mit sich herumtragen."

Blake stöhnte. „Das wird mühsam."

Mason spottete. *Das wird mühsam?* Du jammerst, weil einer von uns einen Haufen Münzen durch die Gegend schleppen soll, aber du hast kein Problem damit, dass jemand sich die Haare von den Eiern reißen lassen muss?" Er hob fragend eine Augenbraue. „Du hast echte Probleme."

„Das Waxing war unvermeidlich", antwortete Blake. „Finde dich damit ab."

„Nummer fünf." Mitch senkte seinen Blick und murmelte über die Zankereien der anderen hinweg, in der Hoffnung, die letzte Aufgabe damit zu verharmlosen. „Einer von euch läuft nackt die gesamte Länge des Bellagio-Brunnens entlang."

Einer der Bodyguards schnaubte dort, wo er an die Wand gelehnt stand.

Mitch ließ sein Handy auf das Sofakissen neben sich fallen und wischte sich mit der Hand über das Gesicht. Das hier war eine schlechte Idee. Eine sehr schlechte Idee, die eine Menge Alkohol erfordern würde.

„Nun, ich denke, Mitch verdient eine Runde Applaus dafür, dass er uns richtig schön verarscht hat." Mason begann zu klatschen. „Ich kann nicht glauben, dass du gesagt hast, wir sollen ,die Mädels nicht zu hart rannehmen'. Wir wurden königlich gefickt."

„Ach, komm schon." Mitch stieß sich von der Couch ab, da er die zusätzlichen Sekunden brauchte, um sich eine Antwort zu überlegen. Mason hatte recht. Sie waren vornübergebeugt und gut durchgefickt worden, und es war alles Mitchs Schuld. Er hatte nicht erwartet, dass seine süße und unschuldige Alana ihnen Herausforderungen stellen würde, die bleibende Farbe, illegale Aktivitäten und öffentliche Nacktheit beinhalteten.

Mitch schaute sich im Raum um und wünschte sich, das

alkoholbedingte Summen in seinem Körper würde stärker werden, damit er die Nacht überstehen könnte. „Kommt schon Jungs, seid nicht so langweilig. Das wird lustig."

Blake schenkte ihm ein spöttisches Lächeln. „Ja. Das will ich dich nochmal sagen hören, nachdem du dir ein männliches Schmetterlingstattoo hast stechen lassen."

Mitch biss sich auf den Kiefer und unterdrückte einen Fluch. Mit ihm stand und fiel die ganze Aktion. Wenn er anfing zu jammern – und Mann, er wollte jammern –, würden die anderen Jungs aussteigen. Und wenn sie den Mädels nicht die Fotobeweise ihrer absolvierten Mutproben schickten, würde Alana das Spiel nicht weiterspielen.

„Kommt schon." Er kippte den Rest seines Scotchs hinunter und marschierte in die Küche, wo er sich seine Brieftasche und seine Jacke vom Tresen nahm. „Lasst uns eine Zeche prellen, damit diese Party steigen kann."

Sie schlenderten in einer Gruppe durch das Bellagio. Mitch, Mason und Blake trugen Baseballkappen, um ihre Gesichter abzuschirmen. Die Bodyguards schritten neben ihnen her, gekleidet in lässige Jeans und Sportjacken, um nicht aufzufallen.

Es wäre ein Albtraum, in Sin City entdeckt zu werden, wenn einer von ihnen später noch nackt durch die Gegend laufen musste. Mitch wollte nicht, dass sein Arsch – und auch nicht sein Pimmel, wenn sie schon dabei waren – im Netz umherwippte. Normalerweise würde er eine so riskante Herausforderung nicht in Erwägung ziehen. Nicht einmal für eine beträchtliche Geldsumme. Aber sie war von Alana gekommen – seiner gestörten Verlobten, und sie durfte er nicht enttäuschen. Nicht, wo doch der Plan für diesen Abend einzig für sie ausgeheckt worden war.

„Dieser Laden sieht gut aus." Sean blieb vor einer Burger-Bude stehen und blickte durch die Fenster in den belebten Raum dahinter. „Es sind genügend Leute da drin, dass wir vielleicht rein und wieder rausschlüpfen können, ohne erwischt oder erkannt zu werden."

„Na dann", murrte Mason und ging voran, um die Tür aufzustoßen. „Bringen wir die Scheiße hinter uns."

Mitch folgte ihm mit gesenktem Kopf, während die Kellnerin ihnen einen Platz an einem Ecktisch zuwies.

„Wir bestellen sofort", platzte Mitch heraus. Es gab keinen Grund, unnötig lange hierzubleiben. Sie alle wollten die Challenges hinter sich bringen.

Die Frau hielt beim Verteilen der Speisekarten inne und sah ihn fragend an. „Okay."

Er unterbrach den Blickkontakt. Der Gedanke, hart arbeitende Menschen abzuzocken, gefiel ihm nicht. Alana hätte er auch nicht gefallen sollen – was ihn vermuten ließ, dass sie ihm diese Mutprobe in der Hoffnung gestellt hatte, er würde lieber aufgeben.

Auf keinen Fall.

Wenn er aufgab, würde sie es auch tun, und das wollte er nicht.

„Wir nehmen sieben Cheeseburger, danke." Mitch griff sich an den Schirm seiner Baseballkappe und zog sie nach unten, da er sich unter dem prüfenden Blick der Kellnerin nicht wohlfühlte. Aus den Augenwinkeln sah er, wie sie einen Palm-Pilot unter ihrem Arm hervorzog und zu tippen begann.

„Wollt ihr auch etwas trinken?", fragte sie.

Mitch begann im Kopf nachzurechnen, um wie viel Geld sie diese Leute bringen würden, und Schuldgefühle machten sich in seinem Bauch breit. Nicht einmal der viele Alkohol, den er schon im Hotel getrunken hatte, konnte sein Gewissen beruhigen.

„Bring uns eine Runde von eurem billigsten Bier", antwortete Mason.

Mitch spähte verstohlen zur Kellnerin hinüber und bemerkte, wie ihr Blick länger als nötig auf dem Gesicht ihres weltberühmten Frontmanns verweilte.

„Kein Problem." Sie nickte und sah jeden einzelnen von ihnen an, bevor sie sich umdrehte und in Richtung Küche ging.

„Wahrscheinlich hätte ich Limonade bestellen sollen, das

wäre billiger gewesen, und das Bier wird wie Pisse schmecken“, murmelte Mason schließlich.

„Hast du endlich dein Gewissen gefunden?“, spottete Sean. „Ich hätte nicht gedacht, dass es dir etwas ausmacht, Leute abzuzocken.“

Mason lehnte sich in seinem Stuhl zurück, verschränkte die Arme über seinem Kopf und sah sich in dem Lokal um. „Das habe ich für euch gemacht, nicht für mich. Mir ist es scheißegal.“

„Ja, genau“, lachte Blake auf. „Ich glaube, unserem Schönling ist ein Herz gewachsen.“

Mason schnaubte. „Sehr unwahrscheinlich.“

Das Bier wurde ein paar Minuten später serviert, und wie Mason erwartet hatte, schmeckte es Mitch wie kalte Pisse in der Kehle. Erst als kurz darauf das Essen kam, konnte er ein paar Schlucke davon hinunterwürgen und den schlimmsten Geschmack mit einem Bissen des Burgers abschwächen.

Sie aßen schweigend. Blake grinste weiter und die Bodyguards schlossen sich ihm an. Wenigstens einer fand die ganze Sache urkomisch. Ryan blieb still und schwebte an der Grenze zum Schmollen. Niemand von ihnen hatte den Mumm zu fragen, ob seine Niedergeschlagenheit von den Problemen in seiner Ehe herrührte. Und dann war da noch Sean, der jede Sekunde von Masons mieser Laune genoss.

Sobald sie gegessen hatten, machte Mitch mit seinem Handy ein Foto von den leeren Tellern und schickte es an Alana. *Zechprelle beinahe abgeschlossen.* Die Frauen würden sich als Beweis mit diesem Foto begnügen müssen.

Als Mitch sein Handy wieder zurück in seine Jackentasche steckte, stieß Blake ihn an der Schulter an. „Ich wette, du schaffst es nicht, das restliche Bier zu trinken.“

Mitch blickte auf sein Glas und die etwa drei verbliebenen Schlucke darin. „Kein Problem.“

„Nein.“ Blake schüttelte den Kopf und deutete auf den Tisch. „Ich meine das *ganze* restliche Bier.“

Mitch folgte Blakes Finger und kam auf sechs weitere halbvolle Gläser. Sein Kopf war bereits von dem vielen Scotch, den er in der Hotelsuite getrunken hatte, benebelt. Alles, was noch auf dem Tisch stand, zu trinken, würde ihm den Boden unter den Füßen wegziehen.

„Nein, danke."

„Komm schon, du Schlappschwanz", spottete Mason. „Das hier soll dein Junggesellenabschied sein. Benimm dich nicht wie ein riesiges Weichei."

„Tu es. Tu es. Tu es", begann Sean zu rufen.

„Na schön", knurrte Mitch und hob sein Glas an, um die bernsteinfarbene Flüssigkeit darin zu betrachten, jedoch nicht, ohne beim Anblick davon zusammenzuzucken. „Stellt sie auf", beorderte er und führte das erste Glas an seine Lippen. Mit einem tiefen Atemzug kippte er sich den Inhalt in den Mund und begann zu schlucken, bevor sein Körper ihn davon abbringen konnte.

Ein Schluck nach dem anderen ließ seinen Magen rebellieren, aber er machte weiter, fest entschlossen, keinen Rückzieher zu machen. Wenn schon sonst nichts dabei herauskam, sollte Mason wenigstens fünf Minuten die Klappe halten. Als er fertig war, reichte er das leere Glas an Sean zu seiner Rechten, während Blake ihm ein weiteres von links in die Hand drückte. Auf diese Weise schaffte er drei weitere Runden, bis er aufhören und sich den Bauch halten musste.

„Komm schon, du kriegst das hin", feuerte Ryan ihn an.

Mitch ignorierte die Blicke der umstehenden Gäste und betrachtete die restlichen Gläser. Dann drehte er sich auf der Suche nach den Toiletten um und entdeckte die Kabine für Männer ein paar Meter entfernt. Zum Glück war sie in Laufweite, falls er sich übergeben musste. Mit einem heftigen Schlucken, um den Geschmack nach Arsch aus seinem Hals zu vertreiben, streckte er eine Hand aus und wartete darauf, dass Blake ihm ein weiteres Glas auf die Handfläche stellte. Und so, eines nach dem anderen, trank er widerwillig weiter.

Als das letzte Glas leer war, stellte er es lautstark auf dem Tisch ab und wischte sich mit dem Handrücken über den

Mund. „Die Scheiße schmeckt ja zum Kotzen." Er unterdrückte ein Rülpsen und in seinem Magen begann es zu brodeln.

„Und wie", nickte Sean. „Und ich kann es kaum erwarten, bis das Zeug wirkt."

Mitch drückte sich eine Faust vor den Mund und hielt einen weiteren Rülpser zurück, der ihm die Speiseröhre hinaufkroch.

„Also, ich gehe jetzt pissen. Wir sehen uns dann draußen", sagte Blake und stieß sich vom Tisch ab. „Ich werde sicher nicht der letzte sein, der bei dieser Challenge hier herumsteht."

„Was sollen wir tun, Boss?", fragte einer der Bodyguards, während Blake auf die Toiletten zuging.

„Geht." Er ruckte mit dem Kopf in Richtung der Türen und runzelte die Stirn, als es eine Weile dauerte, bis sein Blick nicht mehr verschwommen war. „Wir treffen uns am Ende des Blocks." Er wollte nicht, dass sie ihre Sicherheitslizenzen riskierten, falls sie erwischt wurden, und bisher hatte niemand die Band erkannt, sodass die Gefahr eines Fanansturms gering war.

„Wir kommen schon klar", bekräftigte Mason.

Die Wachen nickten und warteten, bis Blake von der Toilette zurückkehrte, bevor sie ein letztes Mal ihre Blicke durch die Bar schweifen ließen und gingen.

„Wie gehen wir die Sache an?", fragte Sean, der seinen Blick auf Mitch gerichtet hatte. „Sobald du aufstehst, knallst du auf den Boden, also kannst du nicht als Letzter gehen."

Mitch schüttelte den Kopf und wollte gerade widersprechen, dass er das hinkriegen würde, als seine Augen jeglichen Fokus verloren. „Fuck."

„Ja, sieben halbvolle Gläser Bier, gemischt mit Scotch, machen das mit einem."

„Ich verlange die Rechnung", sagte Ryan amüsiert. „Während ich warte, könnt ihr abhauen, und ich tue so, als würde ich Geld in die Mappe stecken, bevor ich abhaue. Die Kellnerin hat gerade alle Hände voll zu tun. Sie wird gar nicht bemerken, dass wir uns aus dem Staub machen."

Die vier beäugten einander. Mitch konnte die Besorgnis und die Schuldgefühle in den Gesichtern seiner Freunde lesen –

sogar in Masons –, aber Mitchs plötzlicher Abstieg in die Trunkenheit machte es ihm schwer, sich darum zu kümmern. „Ja, klingt gut." Alles, was ihm frische Luft und Bewegung brachte, um das nach Urin schmeckende Bier aus seinem Körper zu spülen, kam ihm sehr entgegen.

Er drückte sich von seinem Stuhl hoch, stolperte einen Schritt zurück und richtete sich dann auf. *Heilige Scheiße.* So wenig hatte er noch nie vertragen. Aber nachdem Alana in sein Leben getreten war, hatte er seine Einsamkeit nicht mehr mit Alkohol betäuben müssen. Tatsächlich hatte er seit Weihnachten – vor über zwei Monaten – nicht mehr als ein paar Drinks gehabt.

„Ganz ruhig, Tiger." Sean packte ihn an der Schulter und lachte leise. „Ich glaube, diese Party fängt endlich an. Ich sage, wir pfeifen auf die übrigen Mutproben und machen stattdessen die Stripclubs unsicher."

Mitch schüttelte den Kopf und ließ sich von Sean aus dem Restaurant führen. „Keine Titten, bis wir die Liste abgearbeitet haben." Herrgott. Er hatte nicht die Absicht, heute Abend eine andere Frau anzustarren. Oder an irgendeinem anderen Abend, was das betraf. Er hoffte nur, dass er es durch alle Challenges schaffen würde, bevor er umfiel.

Mason stellte sich dicht neben ihn und gemeinsam gingen sie los. „Du bist so besoffen, dass sogar mir schlecht wird."

Mitch hielt inne. Jetzt war nicht der richtige Zeitpunkt, um sich vorzustellen, wie jemand seinen Burger hochkotzte.

„Komm schon", zerrte Sean an seinem Arm. „Bringen wir dich raus."

Mason ging vor ihnen her, öffnete die Tür und ließ Mitch in die Kälte hinausschlurfen.

„Vielleicht ist dieser Abend doch noch nicht ganz verloren." Mason gluckste und boxte Mitch gegen die Schulter, sodass er stolperte.

Es dauerte zwei Schritte, bis er sich wieder gefangen hatte, doch dann stürzte er geradewegs auf Mason zu und krachte in seinen Magen, um ihm das nervige Grinsen aus dem Gesicht zu wischen. „Du bist in letzter Zeit so eine Heulsuse. Was ist los mit dir?“

„Seine Muse hat ihn verlassen“, sagte Sean hinter ihnen. „Und jetzt wird dem armen Baby von Leah und dem Label der Hintern versohlt.“

Mason stieß Mitch gegen die Brust, sodass dieser gegen Sean taumelte.

„Mir wäre nicht aufgefallen, dass du uns mit irgendwelchen Texten aushilfst“, schnauzte Mason ihn an. „Alles, was du tust, ist zu nörgeln und dich zu beklagen, dass du keine Aufmerksamkeit bekommst, und das alles nur, weil du zu nichts zu gebrauchen bist. Den ganzen Tag sitzt du buchstäblich auf deinem Arsch und schlägst auf Dinge ein.“

Sean half Mitch auf die Beine und lächelte bedrohlich. „Ich schlag gleich auf dich ein, wenn du nicht mit deinem arroganten Getue aufhörst.“

„Trau dich doch.“ Mason hob die Hände und winkte ihn nach vorne.

„Meine Damen, meine Damen.“ Ryan holte zu ihnen auf. „Da lasse ich euch fünf Minuten alleine und schon zankt ihr euch um mich.“ Er klappte die Brieftasche in seiner Handfläche zu und steckte sie in seine Jackentasche.

„Was soll das mit der Brieftasche?“, lallte Mitch. „Bist du abgehauen oder nicht?“

„Ich musste es echt aussehen lassen. Ich habe ein bisschen mit meinen Geldscheinen gespielt, die Kellnerin angelächelt und dann bin ich rausmarschiert. Alles ganz entspannt.“

„Für jemanden, der gerade das Gesetz gebrochen hat, wirkst du ziemlich selbstzufrieden“, murmelte Mason.

Ryan hob sein Kinn und nickte selbstbewusst. „Ich habe meinen Teil der Mutproben hiermit erfüllt. Der Rest liegt an euch. Also ja, ich bin verdammt zufrieden mit mir selbst.“

Kapitel Vier

LEAH SETZTE sich auf den Lehnstuhl in der Mitte des sterilen Hinterzimmers des Tattoo- und Piercingstudios, locker, ruhig und völlig gelassen. Es war nur angemessen, dass sie sich für die größte Mutprobe auf der Liste der Aufgaben gemeldet hatte. Schließlich war die ganze Challenge ihre Idee gewesen. Und bis jetzt hatten sie Unmengen an Spaß gehabt. Alles, was sie tun musste, war, sich einen Körperteil durchbohren zu lassen. Ganz einfach.

Die Flasche Champagner, die sie im Hotel geleert hatte, hatte ihr einen prickelnden Rausch beschert. Jetzt fühlte sie sich schwerelos, unkompliziert und völlig offen für alles, als der köstlich gebräunte, muskulöse und orgasmisch schön tätowierte Körperkünstler sie fragte, welche Stelle sie sich piercen lassen wollte.

„*Meine Muschi*", war das Erste gewesen, was ihr in den Sinn gekommen war, als er sie mit seinen durchdringend grünen Augen angesehen hatte. Sie behielt den Gedanken jedoch für sich und presste die Lippen aufeinander, um nicht wild loszukichern.

Stattdessen kreuzte sie ihre Beine, presste ihre Schenkel zusammen und hörte zu, als er die vielen Stellen aufzählte, die er ihr piercen könnte. Das Problem war, dass es ihr an jeder einzelnen Stelle ihres vernachlässigten Körpers recht wäre, seine rauen Hände zu spüren. Sie stellte sich bereits vor, wie der heiße Atem des Kerls ihren Hals streifte, wenn er sich auf ihre Ohren konzentrierte. Oder wie ihr ein Schauer über die Haut laufen würde, wenn er den Bereich um ihren Bauchnabel berührte.

Dann wurde seine Stimme verführerisch, als er intimere Stellen ansprach. „Wie wäre es mit deiner Brustwarze? Oder der zarten Haut über deiner Klitoris? Oder deinen Schamlippen?" Sein verruchtes Grinsen wurde mit jedem Wort breiter.

Wie wäre es, wenn ich mich ausziehe und du dir die Stelle aussuchst, die dir am besten gefällt?

„Wie bitte?", fragte er und hob keck eine Augenbraue.

Heilige Scheiße, hatte sie das gerade laut gesagt? „Ähm, was wäre deiner Meinung nach am besten?"

Seine Augen funkelten und dann wanderte sein Blick über ihren Körper, über die Hügel ihrer Brüste hinunter, an ihrer Taille entlang, bis zum Dreieck zwischen ihren Oberschenkeln. „Ich bekomme immer einen Kick, wenn ich den Kitzler einer Frau pierce."

Himmel hilf mir. Innerlich schmolz sie dahin und die Feuchtigkeit sammelte sich zwischen ihren Beinen. Es war nicht üblich für sie, einen Bad Boy anzuhimmeln. Normalerweise reagierte ihre Weiblichkeit auf die artigen Jungs, auf jene, die wussten, wie man eine Frau mit Respekt und Bewunderung behandelte. Sie fuhr auf die ganze Sache mit dem weißen Lattenzaun und den statistischen zweieinhalb Kindern ab.

Jetzt blinzelte sie ihn an, während ihre betrunkene Seite sie aufforderte, ihm ihre Klitoris zu überlassen, und gleichzeitig ihr professioneller, stets kontrollierter Verstand ihr befahl, verdammt noch mal aufwachen. „Tut es weh?", fragte sie und biss sich auf die Innenseite ihrer Wange.

Er leckte sich über die Lippen, was sie dazu veranlasste, auf seinen Mund und sein verruchtes Grinsen zu starren, das sie weiter in den Wahnsinn trieb. „Das sollte es nicht, wenn es richtig gemacht wird. Kurz spürst du etwas, ein kleines

Brennen oder Wärme, bis ich den Schmuck eingesetzt habe. Dann wird sich alles beruhigen."

Leah rutschte auf dem Stuhl hin und her, unfähig, ihre Gedankengänge zu rationalisieren. Sie war nicht die Art von Mädchen, die sich die Klitoris piercen ließ. Jedenfalls nicht mehr. Vor Reckless und ihrer Berufswahl zur Bandmanagerin war sie ein Rockstar-Groupie durch und durch gewesen. Backstage-Pässe, ihren Lieblingsmusikern auf Tournee folgen, mit ihnen ins Bett gehen, wann immer sie konnte. Es war ein ständiger Adrenalinrausch gewesen.

Jetzt war sie die besonnene Geschäftsfrau, die eine Gruppe von durchgeknallten Rockstars in Schach hielt. Dennoch konnte sie nicht ignorieren, wie sich ihr Innerstes vor Erregung zusammenzog, oder wie sich die Härte ihrer Brustwarzen gegen die dünne Spitze ihres BHs abzeichnete.

„Es ist allerdings nicht für jeden etwas", fügte er hinzu. „Ich müsste erst nachsehen, ob du an der Stelle genug Haut hast."

Leah hob eine Augenbraue. Seine Aussage hörte sich wie eine Herausforderung an. Warum zum Teufel sollte ihre Klitoris nicht geeignet sein? Sie hatte eine hübsche Pussy, verdammt noch mal. „Ich bin sicher, bei mir ist alles in Ordnung."

„Oh, darauf wette ich, Süße", sagte er hell lachend und drehte sich auf seinem Hocker, um sich ein Paar Einweghandschuhe vom Tresen zu schnappen. „Wenn du dein Kleid hochschiebst und dein Höschen runterziehst, sehe ich mal nach."

Sie folgte seinen Anweisungen und zog sich den oberschenkelhohen Saum ihres Kleides über die Hüften. Sich ihr Höschen hinunterzuziehen, war nicht ganz so einfach. Sie hielt inne und umklammerte mit ihren Fingern den Bund ihres schwarzen Seidentangas, während sie die Augen schloss.

Das hier war nicht sie. Ihre wilden Zeiten waren längst vorüber. Tatsächlich bestand ihr Leben nun hauptsächlich darin, die Reckless-Jungs davon abzuhalten, verrückten, betrunkenen Mist zu machen wie diesen hier.

Abgesehen von Ryan.

Ihn musste sie niemals zurechtweisen. Er war ihre Stütze,

derjenige, bei dem sie sich darauf verlassen konnte, dass er in jeder Situation einen kühlen Kopf bewahrte und erwachsen blieb. Nun, zumindest war er früher so gewesen. Jetzt redete er nicht mehr mit ihr.

Sie öffnete die Augen und für eine Sekunde war es nicht der Tattookünstler, der sie ansah. Stattdessen blickte sie in das unschuldige Gesicht des Rhythmusgitarristen von Reckless Beat, dessen hellgrüne Iriden sie in aller Freundschaft anstrahlten – ein Anblick, den sie seit ihrem Streit in Australien nicht mehr erlebt hatte.

Damals hatte sie es für das Beste gehalten, den unbegründeten Klatsch über Ryans Ehefrau für sich zu behalten. Sie hatte tagelang darüber nachgedacht, versucht, sich die Situation aus der Perspektive des Ehepaares vorzustellen, und sich mit der Entscheidung, die sie hatte treffen müssen, bis an den Rand eines Magengeschwürs getrieben. All diese Sorgen und dieser Stress, nur damit Ryan sich am Ende gegen sie stellte und für ihre Entscheidung hasste. Er sah sie nicht mehr auf dieselbe Weise an. Lächelte nicht mehr, versuchte nicht mehr, ihre Laune zu heben, wenn sie einen harten Tag hatte. Die starke Verbindung, die sie zu ihm gehabt hatte, war zusammengebrochen, und ihrem Herzen war es ähnlich ergangen.

Und das alles nur, weil sie versucht hatte, das Richtige zu tun. Nun, jetzt nicht mehr. Zur Hölle mit undankbaren Musikern und ihren übersteigerten Überlegenheitskomplexen. Zur Abwechslung würde heute sie die Leichtsinnige sein. Sie wollte etwas Wildes tun, das Spaß machte, und sich nicht unter Druck setzen, die beste Entscheidung zu treffen. Sie würde der Welt zeigen, dass sie es verstand zu leben …, indem sie sich die Klitoris piercen ließ.

Ja, auch ihr kam es irgendwie verrückt vor. Hoffentlich würde morgen früh, wenn der Rausch des Champagners nachgelassen hatte, alles einen Sinn ergeben.

Sie hob ihr Kinn, grinste den unwiderstehlichen Mann vor sich an und zog sich ihr Höschen über die Schenkel. „Sie gehört ganz dir, Hübscher."

Der Kerl grinste und konzentrierte sich auf das getrimmte Fleckchen von Locken zwischen ihren Beinen. Mit einer Hand hob er ein Wattestäbchen hoch. „Ich muss das unter deine Haut schieben, um die Tiefe zu prüfen." Er tat es und dehnte mit zwei seiner in Handschuhen steckenden Fingern jene Haut, die ihr empfindliches Nervenbündel umgab, während er mit der anderen Hand den Tupfer einführte.

Sie zuckte bei der Berührung zusammen und atmete schwer und langsam, um gegen das Verlangen ihres Körpers nach mehr anzukämpfen. Sein Gesicht war so nah an ihrer Muschi, seine Hände überall auf ihrem erhitzten Fleisch, und, *oh verdammt*, der Duft ihrer Erregung hing bereits in der Luft.

„Alles klar bei dir?", säuselte er, wobei er ihren Kitzler nicht aus den Augen ließ.

„Äh … mhm", presste sie scharf keuchend hervor.

Er kicherte und sein warmer Atem streifte über sie wie eine Liebkosung. „Du bist sensibel." „Ich denke, du wärst auch so sensibel, wenn ich meine Hände überall an deinem Schaft hätte."

„Wenn deine Hände an meinem Schwanz wären, Süße, wäre ich verdammt viel mehr als nur sensibel."

Sie räusperte sich und schluckte tief, denn sie konnte den Geschmack verruchter Verführung schon auf ihren Lippen schmecken.

Er blickte zu ihr auf, tiefe Enttäuschung in seinem Blick. „Leider untersagt das Studio es mir, Sex mit einer Kundin zu haben." Er starrte sie weiter an und sein Blick verschlang sie in der erhitzten Stille. „Aber wenn ich dich dazu bringe zu kommen, während ich einfach meine Arbeit mache, dann ist das doch ein Bonus, oder?"

Sie grinste und wandte ihren Blick ab. Er war so selbstbewusst. Arrogant. Nervtötend arrogant, genau wie die Kerle, mit denen sie arbeitete, und doch konnte sie seine Anziehungskraft nicht leugnen, oder die Tatsache, dass sie schon sehr lange keinen Orgasmus mehr durch die Hand eines Mannes erlebt hatte. „Das wäre sogar ein sehr schöner Bonus."

Er entfernte das Wattestäbchen aus der Hautfalte über ihrer Klitoris und warf es blindlings in den Mülleimer in der Ecke, wobei er sein Ziel verfehlte. Dann war sein Daumen an ihrer festen Knospe und bewegte sich langsam und bedächtig hin und her.

„Woher kommst du?", flüsterte er und ließ zwei seiner Finger zwischen ihre Schamlippen gleiten, um sie zu teilen.

Sie erschauderte und unterdrückte ein bedürftiges Stöhnen nach Penetration. „Ich ..." Seine Berührung war neckisch, sanft und doch selbstbewusst und beherrscht. Wärme breitete sich in ihr aus und der untere Teil ihres Unterleibs begann auf die schönste Art und Weise zu schmerzen. Sie wollte, dass er sich schneller bewegte. Härter. Sie mit seinen geschickten Berührungen penetrierte und dazu brachte, seinen Namen zu schreien ... wie auch immer er lauten mochte. „Ich ... weiß es nicht."

Wie lautete die Frage?

Er lachte auf. „Verdammt, ich wünschte, ich könnte dich ficken."

Sie sah zu ihm hinunter und wünschte sich dasselbe. Sein Blick war auf ihre schlüpfrigen Falten gerichtet, mit den Zähnen biss er sich fest auf seine Unterlippe.

Sie wimmerte. Und wie sehr sie das auch wollte. Ihre Fantasie lief bereits auf Hochtouren, als sie sich vorstellte, was diesem Adonis in der Hose steckte. „Bist du sicher, dass wir nicht dürfen?", keuchte sie und wackelte sehnsüchtig mit den Hüften.

Er schüttelte den Kopf. „So liebend gern ich das hier auch hätte", seine Finger glitten in ihre Muschi und entlockten ihr ein Keuchen, als sich ihre Wände um ihn zusammenzogen, „meinen Job liebe ich mehr. Ich kann nicht riskieren, ihn zu verlieren."

Leah konzentrierte sich auf die ungewohnte Lust, die ihren Körper überkam, und etwas in ihr zerbrach. Sie wollte mehr. Sie brauchte es. Sie konnte sich nicht länger mit ihrem Lebensstil zufriedengeben, in dem es nur Arbeit und kein Spiel gab.

Sie wollte einen Schwanz. Gott, ihr Körper verzehrte sich danach.

Anstatt zu flehen, schloss sie die Augen und kämpfte gegen ihr starkes Bedürfnis an, ihn anzubetteln. Seine Berührungen waren ausreichend. Das mussten sie sein. Und in den kommenden Tagen … Wochen … okay, Monaten, würde sie diesen Moment wieder und wieder durchleben und sich fragen, warum zum Teufel sie so etwas nicht öfter tat.

„Was nicht heißt, dass ich dich nicht kommen lassen kann", flüsterte der Mann. „Mit meinem Schwanz in dir erwischt zu werden, ist eine Sache. Aber meine Finger hier zu haben", er ließ sie hinein und wieder hinausgleiten, was ihm dank ihrer feuchten Erregung um seine mit Handschuhen bedeckten Finger mühelos gelang, „weil ich deine hübsche kleine Hautfalte piercen soll, ist viel einfacher zu vertuschen, wenn jemand hereinkommt."

Er dehnte sie auf und schob einen weiteren Finger in sie, während sein Daumen weiter ihre Klitoris massierte. „Und außerdem, wenn ich meinen Schwanz tief in dir versenken würde, würde ich dich für alle anderen Männer ruinieren."

Leah stöhnte. Sein Tonfall verriet, dass er scherzte, aber sie zweifelte nicht eine Minute daran. Dieser Mann war eine Mischung aus feuchten Träumen und unfreiwilligen Orgasmen. Er war ein Herzensbrecher, der Typ, der eine Frau zerstören und ihr gleichzeitig das Gefühl geben konnte, dass ihr nichts Besseres als diese Zerstörung hätte passieren können.

Aber sie war an das hier gewöhnt – aufgrund ihrer Berufswahl nicht in der Lage zu sein, ihre Leidenschaft auszuleben. Die Arbeit an der Seite der fünf größten Verführer der Musikindustrie und das Wissen, dass ihr Geplänkel niemals zu etwas führen würde, hatten sie stark gemacht. Oder dumm. Andere Frauen hatten für die Managementfirma gearbeitet, bei der sie angestellt war, und alle hatten sie den gleichen Vertrag unterschrieben, in dem eine intime Beziehung zu einem Klienten als Kündigungsgrund eingestuft wurde. Und sie hatte viele von ihnen deswegen ihren Schreibtisch räumen und gehen sehen.

Doch Leah empfand für ihren Job dasselbe wie der sexy Typ, dessen Finger nun tief in ihr steckten. Die wenigen Sekunden der Glückseligkeit waren es nicht wert, ihr Leben dafür zu ruinieren.

Sie öffnete die Augen und lächelte, als er sie wieder mit seinen grünen Augen anstarrte.

„Du verlangst meiner Selbstbeherrschung ganz schön viel ab", murmelte der tätowierte Kerl.

„Dann hör auf", neckte sie ihn und wackelte mit dem Hintern.

Er knurrte und tauchte mit seinen Fingern tiefer in sie ein, wirbelte sie in ihr herum und strich über ihren G-Punkt. „Ich bin kein Drückeberger."

Oh, darauf wettete sie. Wie es wohl wäre, von diesem Mann gefickt zu werden? Auf sein Bett gestoßen und hart und schnell genommen zu werden? Mit all den von Stoff versteckten Tattoos auf seinem Körper, die sie erforschen könnte.

Sie fuhr mit einer Hand an ihrem Körper hinunter und malte sich die Perfektion davon in ihrem Kopf aus, während sie zwei Finger gegen den Daumen an ihrer Klitoris drückte. Der Druck in ihr nahm sofort zu und ihr verzweifeltes Bedürfnis wurde umso stärker, als er ihrem Hinweis folgte und ihre angespannte Knospe fester bearbeitete.

„So sehr ich die Frauen auch normalerweise dazu ermutige, meinen Namen zu schreien, wenn sie kommen, du musst leise sein, okay, Baby?"

Sie nickte und bewegte ihre freie Hand, um ihre Brust zu umfassen und ihre harte Brustwarze zu kneifen. „Ich weiß nicht einmal, wie du heißt."

„Noch besser", murmelte er und senkte seinen Kopf, um ihren Duft einzuatmen. „Fuck. Du riechst himmlisch. Ich könnte mein Gesicht zwischen deinen Schenkeln vergraben und dich tagelang schmecken."

„Oh, Gott", keuchte sie. „Du wirst mich zum Kommen bringen."

„Darum geht es ja gerade, Süße. Ich will, dass diese enge kleine Muschi um meine Finger herum kommt."

Ihre Wände krampften sich bei seinen Worten zusammen und ließen einen Blitz des Vergnügens in ihren ganzen Körper einschlagen. Er blickte zu ihr auf, seine Lippen quälend nah an ihrer Muschi, und leckte sich über die Lippen.

Pussyfopper! Dieser Mann war gut. Oh, so gut, auf die frustrierendste Art und Weise. Er fuhr mit seiner freien Hand über ihren entblößten Unterleib und kitzelte ihre empfindliche Haut, während er unter ihr Kleid glitt. Als er ihre Brust erreichte, verkrampfte sie sich, die kleinste Berührung an ihren schmerzenden Brustwarzen brachte sie näher an ihren Orgasmus heran.

„Sag mir deinen Namen", forderte er sie auf und fuhr damit fort, ihre gierige Muschi mit seinen Fingern zu bearbeiten.

„Ich will den Namen der Frau wissen, die mich in meinen Träumen heimsuchen wird."

Es war nur ein Spruch, aber ein guter. Er erinnerte sie an die Männer von Reckless Beat, an jene Arroganz, die zu attraktiv war, um ignoriert zu werden. „Leah."

„Mmm, Leah." Er kniff ihre Brustwarze und überraschte sie mit einem köstlichen Angriff aus Lust und Schmerz. „Stell dir vor, wie ich deinen Namen rufe, wenn ich mir heute Abend unter der Dusche einen runterhole."

Dieses Bild der Perfektion schickte sie über den Abgrund. Sie kniff die Augen zusammen und presste ihre Lippen aufeinander, um zu verhindern, dass sie laut aufheulte. Sie hielt ihre Brust fest umschlossen und klammerte sich mit der freien Hand an die Seite des Stuhls, um sich noch nicht ganz dem Vergnügen hinzugeben, das sie mit sich reißen wollte.

Er bearbeitete sie weiter, rieb nun mit festem Druck über ihre Klitoris, während er seine Finger in ihr beließ und damit ihren G-Punkt umspielte. Ihre Muschi krampfte sich zusammen, immer und immer wieder, während ihr ganzer Körper steif wurde.

„So verdammt heiß", murmelte der Bad Boy.

Leah zuckte wieder und wieder unter den letzten Wellen ihres Höhepunkts zusammen und stellte sich in Gedanken immer noch diesen nassen und erregten Mann vor, als ihre Ekstase langsam abklang. Dann entzog er ihr seine Berührung, ließ seine Finger aus ihrer engen Hitze gleiten, und seine Handfläche umfasste nicht mehr ihre Brust.

Sie öffnete die Augen und sah, dass er sie mit einer Intensität anstarrte, die sie gefangen nahm. Er sprach nicht, bewegte sich nicht, sondern beobachtete sie einfach weiter mit animalischer Wildheit, während sie keuchend nach Luft rang.

„Ich hätte mich dir nicht verweigern dürfen", flüsterte er und streifte sich die Handschuhe ab. „Ich werde es für den Rest meines Lebens bereuen, dich nicht gefickt zu haben."

Leah musste kichern und ein Lächeln umspielte seine Lippen. Diesen Ego-Schub brauchte sie. Von Männern mit Überlegenheitskomplexen umgeben zu sein, hatte ihrem Selbstvertrauen geschadet, doch dieser Mann hatte es ihr vollständig zurückgegeben und sogar noch etwas oben draufgelegt. „Danke."

„Du brauchst mir nicht zu danken, Süße." Er drehte sich auf seinem Hocker um und warf seine Handschuhe in den Mülleimer in der Ecke. „Dir dabei zuzusehen, wie du vor mir in tausend Stücke zerbrichst, war Dank genug."

Röte kroch ihr in die Wangen. *Nein, nein, nein. Jetzt nicht nüchtern werden.* Sie schüttelte ihre Verlegenheit ab und beobachtete, wie er auf seinem Hocker über den Boden rollte, um sich ein sauberes Paar Handschuhe vom Tresen zu holen. Dann ging er an einer Bank an der Seite des Raumes an die Arbeit, öffnete Päckchen, entnahm Instrumente aus dem, wie sie annahm, Sterilisationsgerät, und legte sie auf ein abgedecktes Stahltablett.

„Aber jetzt, wo der Spaß vorbei ist, ist es an der Zeit, dass ich meine Spuren unter deinem verführerischen Venushügel hinterlasse." Er rollte mit dem Tablett in der Hand über den Boden zu ihr zurück und stellte es in die Halterung links neben ihrem Stuhl. „Möchtest du lieber ein vertikales oder ein horizontales Piercing?“

Er redete ohne Unterlass, ganz in seinem Element, über Dinge, die sie nicht erfassen konnte, während er ihr den Tanga über die Knöchel zog. Schmuckoptionen, Schmerzen und Heilungszeiten, Vorsichtsmaßnahmen und das Risiko einer Infektion. Nichts davon drang zu ihr durch. Alles, was sie tun konnte, war zu nicken und dem zuzustimmen, was er für das Beste hielt. Das Nächste, was sie mitbekam, war, dass er sich wieder zwischen ihren Schenkeln befand und einen winzigen silbernen Stab unter die Hautfalte oberhalb ihrer Klitoris schob. Sie schloss die Augen und betete, dass sie aus ihrem verrückten Traum erwachen würde. Warum zum Teufel verschönerte sie eine Stelle, die niemand sonst jemals sehen kriegen würde? Sie öffnete den Mund und versuchte, den Mut aufzubringen, ihre Entscheidung rückgängig zu machen, als er sie unterbrach.

„Atme tief ein.“

Sie gehorchte und quietschte auf, als die Feuer der Hölle in ihrem wertvollsten Körperteil zu lodern begannen. „Heilige Scheiße.“ Es war kein Schrei. Nicht wirklich. Eher ein schriller Ruf.

Kalter Druck betäubte den Schmerz und sie atmete tief durch, um sich zu beruhigen. „Das ist ein Salztupfer“, verkündete Bad Boy. „Alles, was jetzt kommt, ist es ganz einfach, Süße. Ich setze den Schmuck ein, was sich vielleicht etwas unangenehm anfühlt, aber danach sollte es nur noch wenig bis gar nicht wehtun.“

Leah öffnete ihre Augen und nickte. Sie sah zu, wie er ihr etwas Funkelndes einsetzte, und war dankbar für den alkoholähnlichen Rausch, der ihre Sinne betäubte.

„Okay, wir sind fertig.“ Mit einem Schnippen zog er sich erneut seine Handschuhe aus und betrachtete sein Werk. „Du wirst mit dem Ergebnis zufrieden sein. Das Piercing ist wie ein Peilsender der Lust. Die Kerle müssen nicht mehr nach der schwer auffindbaren Klitoris suchen.“

„Jetzt brauche ich nur noch einen Kerl", murmelte sie und klappte ihre Schenkel vorsichtig zusammen.

Bad Boy hielt sie jedoch davon ab, indem er eine Hand auf ihre Knie legte. „Jetzt sage ich dir etwas. Wenn dir heute in einem Jahr noch kein Kerl zu Füßen liegt, komm zu mir. Ich werde dir ein Wochenende zeigen, das du nie vergessen wirst."

Leah wollte lachen, aber das Glück wollte ihr nicht über die Lippen kommen. Dieser Mann war umwerfend, selbstbewusst und süß auf eine raue und dominante Art und Weise, und doch machte sie der Gedanke an ein Wochenende allein mit ihm traurig. Die Zeiten, in denen sie wild und frei gewesen war, waren vorbei. Sie wünschte sich einen Ehemann, der sie liebte, und keinen Fremden, mit dem sie ein paar Tage heißer Leidenschaft teilen konnte. Und dieser Mann war nicht ihr Typ. Sie wünschte, er wäre es. Oder vielleicht wollte das Schicksal ihr einfach nur sagen, dass sie aufhören sollte, von Männern zu träumen, die sie nicht haben konnte.

„Ich nehme dein Schweigen als einen Korb."

„Nein!" Leah setzte sich aufrecht hin, um den Mann nicht zu beleidigen, der sie so selbstlos verwöhnt hatte. „Ich habe nur gerade geträumt."

Er reichte ihr den Tanga, sein Gesichtsausdruck ernst. „Nun, an wen auch immer du gedacht hast, er verdient einen kräftigen Arschtritt dafür, dass er keinen Anspruch auf dich erhebt."

„Ich habe an niemanden Bestimmten gedacht." Hatte sie nicht. Im Moment hatte sie keinen Mann auf ihrem Radar. Jedenfalls keinen, an den sie ihr Herz verschenken könnte.

„Aber natürlich nicht", verhöhnte er sie und durchschaute sie geradewegs. Sein Blick wurde ihr unbehaglich, als ob er die Gedanken lesen konnte, die sie sogar vor sich selbst zu verbergen versuchte. „Du bist eine hinreißende Frau, Leah. Wenn er dich nicht will, dann such dir einen besseren Mann, der es tut."

Zehn Minuten später schlurfte Leah aus dem Hinterzimmer in den Empfangsbereich, ihre Zuversicht inzwischen durch Kummer ersetzt. Bad Boy folgte ihr. Sein spöttisches Grinsen ging ihr noch immer nicht aus dem Kopf, ebenso wenig wie das verhaltene Lachen, das er von sich gegeben hatte, als sie aufgeschrien hatte, als die Nadel sie durchbohrt hatte.

„Was zum Teufel hast du denn machen lassen?", fragte Gabi und marschierte auf sie zu.

Leah zuckte zusammen und schob den Riemen ihrer Handtasche höher auf ihre Schulter. Wenn sie die Frage ignorierte, würde sie sich vielleicht in Luft auflösen. In der Zwischenzeit war sie nüchtern geworden und hatte sich in ihrer neu gewonnenen Klarheit ihre eigene Dummheit eingestehen können. Sexuelles Vergnügen von einem Fremden zu empfangen war eine dumme Idee gewesen. Das Piercing eine sogar noch dümmere. Doch was sie am meisten ärgerte, waren die paar einfachen Worte – *an wen auch immer du gedacht hast, er verdient einen kräftigen Arschtritt*. War sie wirklich so durchschaubar?

„Leah?" Gabi sprach wieder.

Leah stieß einen Schluchzer aus. Sie wollte ihre Dummheit nicht laut aussprechen. Sie sollte doch klug sein, verdammt noch mal. Während sie tief ausatmete, sagte sie: „Es bedurfte eines plötzlichen, unerträglichen Schmerzes, *der sich kein bisschen wie ein festes Kneifen angefühlt hat*, damit ich nüchtern wurde und erkannte, was für eine dumme Idee das war."

Alana stellte sich neben Gabi und presste ihre Lippen zusammen, um sich ein Lachen zu verbeißen. „Du siehst blass aus."

„Zeig uns das Piercing", sagte Kate und stellte sich vor sie. „Wir brauchen ein Foto, das wir den Jungs schicken können."

Oh, verdammt, nein.

Leah schüttelte den Kopf und der sexy Bad Boy hinter ihr brach in Gelächter aus. „Das geht nicht."

„Warum nicht?", fragte Gabi. „Wo ist es denn?"

Leah blickte von einer der Frauen zur nächsten. Alana, Gabi und Kate wirkten unterschiedlich stark amüsiert, während Mrs. Shelton besorgt die Stirn runzelte.

„Ich habe mir die …" Sie räusperte sich und gestikulierte in Richtung ihres Schrittes.

Alanas Mutter schnappte nach Luft.

Gabi brach in Gelächter aus, die erste ausgelassene Reaktion, die Leah von Blakes Verlobter in dieser Nacht bisher erlebt hatte.

„Du hast dir die Klitoris machen lassen?", fragte sie.

Leah nickte weiter und zuckte dabei sichtlich. „Warum sollte ich so etwas Dummes tun? Ich verstehe das nicht. Ich bin da reingegangen und habe über einen Ohrring nachgedacht, dann habe ich mich hingesetzt und wurde abgelenkt."

Kate musterte den tätowierten Kerl hinter dem Tresen und grinste. „Kann ich dir nicht verdenken."

„Ja, ich auch nicht", murmelte Alana. „Aber du musst es den Jungs trotzdem beweisen."

Leah drehte sich der Magen um. „Auf keinen Fall." Sie schüttelte vehement den Kopf. „Sie werden sich auf mein Wort verlassen müssen."

„Hat sich Mason dir gegenüber jemals wie ein Typ verhalten, der sich auf dein Wort verlässt?", kicherte Alana.

Sie wimmerte erneut auf. Nie im Leben würde sie einem dieser Männer ihre intimste Stelle zeigen. Das Thema würde ihr ewig nachhängen, ganz zu schweigen davon, dass sie ihren Job verlieren könnte. Vielleicht sollte sie da wieder reingehen und sich zwei Ohrlöcher stechen lassen.

Gabi zuckte zusammen und überspielte ihre Reaktion mit einem überzogenen Lächeln. „Schon gut, das kriegen wir schon hin." Leah seufzte und drehte sich um, um den sexy Mann hinter dem Tresen zu bezahlen. Sie konzentrierte sich darauf, ihre Handtasche zu sortieren, unfähig, ihm in die Augen zu sehen, bis er ihr ihre Kreditkarte zurückgab und sie nicht mehr losließ. Er hielt sie fest zwischen seinen Fingern, bis sie seinen Blick erwiderte.

„Denk daran, was ich dir gesagt habe, Leah", sagte er in leisem Ton. „Komm zu mir, wenn du Hilfe brauchst, dich davon zu überzeugen, wie wunderschön du bist."

Sie ignorierte das Flattern ihres Herzens und lächelte.

„Danke. So gerne ich auch … beenden würde, was wir angefangen haben, hoffe ich, dass du mich nie wieder siehst.“

„Ja, Süße. Es ist auch für mich ein zweischneidiges
Schwert.“

Er ließ ihre Karte los und sie schenkte ihm ein letztes verfüh-
rerisches Grinsen, bevor sie sich umdrehte und zu dem Kreis
der wartenden Frauen hinüberging. „Lasst uns von hier
verschwinden. Ich brauche einen starken Drink.“

„Kein Problem.“ Alana legte einen Arm um Leahs Schultern.
„Unsere nächste Station ist ein Stripclub.“

Kapitel Fünf

GABI LENKTE ihren Blick von den entblößten Brüsten der schlanken Frau auf der Bühne ab und starrte auf die Gläser, die vor ihr auf dem Tisch des Stripclubs aufgereiht standen – ein Schnapsglas Alligatorensperma, ein hohes Glas Sex on the Beach und ein weiteres Glas mit Cock-Sucking-Cowboy. Das würde nicht schön ausgehen. Sie hatte bereits versucht, ihren Kummer in Champagner zu ertränken, und der Alkohol war ihr direkt in den Kopf gestiegen, der nun durch die laute Musik pochte, die von der Bühne zu ihnen herüberdröhnte.

Das süße, sprudelnde Getränk hatte ihre Stimmung nicht gehoben, aber die drei Drinks vor ihr könnten ihre Sinne vielleicht ausreichend betäuben, um sie ihren Schmerz vergessen zu lassen. Sie wollte sich amüsieren, Alana zuliebe, doch alles, wozu sie imstande war, waren winzige Anflüge von Freude, die mit dem nächsten Atemzug bereits wieder verflogen waren. Wie vorhin, als Leah ihr Klitoris-Piercing verkündet hatte. *Das* war lustig gewesen, doch Gabi war das Lachen innerhalb von Sekunden vergangen und wieder jenem Kummer gewichen, der sie seit Tagen fest im Griff hielt.

„Worauf wartest du?", fragte Leah. „Leg schon los."

Gabi seufzte und setzte ein Lächeln auf, in der Hoffnung, wenigstens nach außen den Anschein zu erwecken, sie hätte

Spaß an der Sache. „Du weißt, dass ich mit dem vielen Alkohol im Magen zum Zombie mutieren werde?"

Alana machte ein langes Gesicht. „Ich dachte, du wolltest das machen. Wenn dir von dem Zeug schlecht wird, lass es sein."

Gabi verdrehte die Augen. Eines Tages, hoffentlich in naher Zukunft, würde sie ihren Freundinnen nicht mehr ihren australischen Slang erklären müssen. „Nein, ich meine, dass ich stockbesoffen sein werde. Mir wird doch nicht übel davon."

„Zieh es einfach schnell durch. Eins. Zwei. Drei. Und fertig." Alana hielt ihr Handy hoch, um Gabis Mutprobe als Beweis für die Jungs zu filmen.

„Okay, es geht los." Sie atmete tief durch und ignorierte die Traurigkeit, die ihr schwer auf der Brust lastete, während sie den ersten Shot schnell hinunterschluckte. *Klack.* Sie knallte das Glas auf den Tisch. „Verdammt, das war lecker." Süß, cremig mit einem leicht würzigen Nachgeschmack.

„Hör nicht auf", kreischte Kate. „Du musst sie direkt nacheinander trinken."

Gabi senkte ihren Blick auf die zwei übrigen Drinks, um Alanas beste Freundin nicht anzustarren. „Zum Wohl." Dann hob sie das Glas Sex on the Beach an, setzte es an ihre Lippen und begann zu schlürfen. Ihre Kehle gluckerte und es fühlte sich an, als lägen ihr Steine im Magen. Kein gutes Zeichen, wenn das Einzige, was ihren Magen ausfüllte, Alkohol war.

Klack. Sie knallte das zweite Glas auf den Tisch und schnappte nach Luft. Bevor sie einen Rückzieher machen konnte, starrte sie in die winzige Kameralinse von Alanas Handy und trank den letzten Shot.

Klack.

Erledigt.

Ein flaues Gefühl breitete sich in ihrem Magen aus, als er sich gegen das flüssige Gift wehrte. „Ich glaube, mir wird doch schlecht." Sie legte eine Hand auf ihren Bauch und die Zeit blieb stehen. Ihr Instinkt, ihren Bauch zu berühren, war ganz normal, und trotzdem musste sie dabei zusammenzucken. Sie presste ihre Augenlider aufeinander, um das Kribbeln dahinter zu unterdrücken.

„Reiß dich zusammen, Prinzessin", sagte Leah neben ihr. „Wenigstens musstest du dir kein Piercing stechen lassen."

Gabi öffnete ihre Augen und war in diesem Moment bereits dankbar, dass der Alkohol ihr Blut erwärmte und ihre ein wenig von ihrer inneren Leere nahm. Sie sah Leah flüchtig an und lächelte. „Warum du dir nicht dein Ohr oder deine Zunge ausgesucht hast, ist mir schleierhaft. Aber viel Spaß dabei, es den Jungs zu beweisen."

„Ach, die Jungs", sagte Leah abweisend und nahm einen großen Schluck von ihrem eigenen fruchtigen Getränk.

„Also ich hätte kein Problem damit, es ihnen zu beweisen", gackerte Kate. „Wenn die anderen im Bett nur halb so begabt sind wie Blake, würde ich es ihnen allen zeigen."

Ähm. Was zum Teufel? Gabi zog die Augenbrauen zusammen, während sich zu der Mischung aus aufgewühlten Gefühlen, die ihren Körper ohnehin schon durchströmten, nun auch noch Grauen gesellte. „Wie bitte?" Diesmal hielt sie ihren funkelnden Blick nicht zurück. „Was zum Teufel hast du gerade gesagt?"

Kates Augen weiteten sich. „Ähm."

„Ähm?" Gabi hob eine Augenbraue. „Bitte sag mir, dass du nicht mit meinem Verlobten geschlafen hast." Sie hatte das alles so satt. Sie hatte es satt, dass die Frauen ihn anschmachteten, ihm hinterherliefen und versuchten, einen Mann zu verführen, der ganz offensichtlich vom Markt war.

„Ähm …" Kate warf Alana einen panischen Blick zu und drehte sich dann wieder zu Gabi um.

„Ja, den Teil habe ich verstanden."

„Es war, bevor er dich kennengelernt hat", unterbrach Alana. „Damals, als Mitchell und ich unsere erste Nacht zusammen verbrachten."

„Herr im Himmel", fauchte Gabi und ihre Hände begannen zu zittern. Sie lief Gefahr, ihren Verstand zu verlieren und ihr

Kopf pochte mit jedem schmerzhaften Atemzug heftiger. „Hat irgendjemand hier *nicht* mit Blake geschlafen?"

Mrs. Shelton hob langsam ihre Hand.

„Wenigstens eine", murmelte Gabi.

Alana schüttelte den Kopf. „Du weißt, dass ich nicht mit ihm geschlafen habe."

Gabi drehte sich zur zukünftigen Braut und verengte ihren Blick auf sie. Alana hatte Blake nackt gesehen, hatte ihm dabei zugesehen, wie er sich selbst einen runterholte, und ihm das Vergnügen verschafft, sie beim Sex mit Mitch beobachten zu dürfen – Jacke wie Hose. Doch sie konnte es ihrer Freundin nicht verübeln. Es lag in der Vergangenheit und Alana wusste es besser, als Themen anzusprechen, die Feindseligkeit zwischen ihnen hervorrufen würden.

„Was ist mit dir, Leah?" Gabi verlagerte ihren Blick und bemühte sich nach Kräften, den Sturm, der in ihr tobte, nicht zu einem Orkan auswachsen zu lassen, was ihr nicht gelang. „Hast du mit ihm geschlafen? Oder ihn nackt gesehen? Oder ihn zusehen lassen, als du Sex hattest?"

„Mädel, ich bin gerade so stockbesoffen, dass ich nicht unterscheiden kann, ob du schlecht gelaunt bist oder uns nur aufziehst. Was ich gestehen werde, ist, ihn nackt gesehen zu haben. Der Typ hat den heißesten Arsch, den die Welt je gesehen hat." Leahs Augen strahlten vor Begeisterung und sie wippte bestätigend mit dem Kopf. „Leck-errrr."

Verdammte Scheiße. Das hier hatte sie nicht nötig. Ihr Kopf war auch so schon mit ausreichend Unsicherheiten gefüllt, ohne dass sie sich Gedanken über Blakes Tage als männliche Hure machte. Es spielte keine Rolle, dass er all diese schmutzigen Dinge getan hatte, bevor sie sich persönlich kennengelernt hatten. Seine Vergangenheit hatte immer noch die Fähigkeit, an ihr zu nagen, wenn es ihr schlecht ging. Frauen flirteten weiterhin mit ihm – im Laden, in Restaurants, im Aufzug ihres Wohnhauses, selbst wenn Gabi direkt neben ihm stand. Und obwohl er sie immer ignorierte oder mit höflicher Gleichgültigkeit abtat, fühlte sie sich dadurch immer noch wie eine Unterlegene in ihrer Beziehung.

„Leider muss ich traurigerweise auch gestehen, dass ich seine Vorderseite nie zu Gesicht bekommen habe", fuhr Leah fort, ohne auf Gabis Gefühle Rücksicht zu nehmen. „Obwohl ich nach Alanas Beschreibung und Kates Enthusiasmus Grund zu der Annahme habe, dass du eine sehr glückliche Frau bist, Gabrielle Smith."

Gabi ignorierte die Bemerkung und nahm ihre Handtasche vom Tisch. „Ich brauche frische Luft." Sie wollte Alana den Abend nicht verderben, aber wenn sie hierblieb, umgeben von Frauen, die intime Momente mit ihrem Verlobten geteilt hatten, würde ihr der einzige Rettungsring entgleiten, an den sie sich noch klammerte.

Es war jetzt zwei Tage her, dass ihr Leben aus den Fugen geraten war. Zwei Tage, in denen sie allein geweint und unter seelischen Qualen gelitten hatte, wie sie sie noch nie erlebt hatte. Dennoch hatte sie sich geschworen, sich bis nach Alanas Hochzeit zusammenzureißen. Nur noch zwei Tage, dann könnte sie zusammenbrechen.

„Geh nicht." Leah machte einen betrunkenen Versuch, Gabis Arm zu umklammern, und verfehlte ihr Ziel. „Das mit Blakes Körper war doch nur ein Scherz." Sie schaute Gabi mit flehenden Augen an. „Na ja, okay, vielleicht war es kein Scherz. Du kannst dich glücklich schätzen, einen so scharfen Kerl zu haben. Er ist der feuchte Traum jeder Frau."

„Auch deiner?", entgegnete Gabi.

Leah zuckte erschrocken zurück. „Himmel, nein."

Gabi biss sich auf die Zunge und wünschte, sie könnte auf der Stelle nüchtern werden, um die hasserfüllten Gedanken aufzuhalten, die ihr durch den Kopf geisterten. So sehr dieses Gespräch auch schmerzte, sie wusste, dass Leah und Alana nie so reden würden, wenn sie wüssten, was sie gerade durchmachte.

„Wohin gehst du?", fragte Alanas Mutter voller elterlicher Fürsorge.

„Nur vor die Tür. Ich werde nicht lange weg sein.“

Leah öffnete den Mund, um zu protestieren, aber Alana unterbrach sie. „Lasst sie gehen. Ich habe sowieso keine Lust, mich allzu lange in einem Stripclub für Frauen aufzuhalten. Sobald Kate eine der Frauen angequatscht und ihre Nummer bekommen hat, kommen wir nach.“

Gabi wandte ihren Blick von der Sympathie in Alanas Augen ab und machte den ersten Schritt zum Eingang des Clubs. Der Boden schwankte unter ihren Füßen, ihr Kopf drehte sich, und dann verkündete auch noch ihr Magen, dass er den Alkohol nicht länger unten behalten würde. Schnell schwenkte sie zu den Damentoiletten ab, wo sie jeden letzten Tropfen der drei Getränke zusammen mit ihrer Würde hochwürgte. Als ihre private Demütigung vorüber war, machte sie sich am Waschtisch frisch. Sie machte sich gar nicht erst die Mühe, sich im Spiegel zu betrachten. Ihr gequälter Blick würde die Situation nur noch verschlimmern. Stattdessen stolperte sie auf tauben Beinen zur Garderobe, schnappte sich ihren Mantel und machte sich auf den Weg nach draußen.

Als die kalte Luft auf ihre Haut traf, schloss sie die Augen und hob ihr Gesicht zum Himmel. Der Trost der Dunkelheit half ein wenig. Dennoch sehnte sie sich nach dem Frieden des australischen Sternenhimmels und der frischen Luft von Queensland. Nicht nach der manischen, verdorbenen Umgebung von Vegas, wo die Nacht erleuchtet war, als wäre es Tag.

Menschen gingen an ihr vorüber und machten mit ihren Leben weiter, während ihres zum Stillstand gekommen war. Sie wusste nicht, was sie tun sollte. Wusste nicht, wie sie weitermachen sollte. Oder wie sie diese tiefgreifende Trauer und Verwirrung ablegen konnte.

An jedem anderen Tag – bevor ihre Welt aufgehört hatte, sich zu drehen – hätte sie es in vollen Zügen genossen, die Ausschweifungen ihrer ersten Reise hierher zu erleben. Aber im Moment wollte sie allein sein. Sie hatte nicht einmal Zeit gehabt, mit Blake zu sprechen. Er war nur wenige Minuten vor ihrer Abreise nach Vegas aus Richmond nach Hause gekommen, und was sie ihm mitzuteilen hatte, konnte sie nicht in der Öffentlichkeit sagen.

„Gabi?", rief Alanas Stimme leise, kaum hörbar bei dem Geräuschpegel dieser Stadt.

Sie öffnete die Augen und sah Alanas besorgten Gesichtsausdruck, bevor sie ihren Blick senkte.

Alanas Hände strichen über Gabis Schultern, die in ihrem Mantel steckten. „Sag mir, was los ist."

Gabi holte tief Luft, mobilisierte ihre letzten Kräfte, so kurz davor, zusammenzubrechen. Ihr Körper begann zu zittern, von der Kälte oder dem verspätet einsetzenden Schock, sie war sich nicht sicher.

Alanas Arme legten sich um sie und hielten sie fest. „Willst du, dass ich Blake anrufe?"

Gabi schüttelte den Kopf und kniff die Augen zusammen, sodass ihr heiße Tränen über die Wangen kullerten. „Ich gehe zurück ins Hotel", sagte sie gegen Alanas Schulter. Das Bellagio war nur fünf Gehminuten von hier entfernt. „Ich will dir den Abend nicht noch mehr verderben, als ich es ohnehin schon getan habe."

„Ich lasse dich nicht allein, Gabi." Alana drückte sie fester an sich. „Warum bringe ich dich nicht zurück in deine Suite und wir sehen uns etwas auf dem Pay-Kanal an?"

Gabi schüttelte weiter den Kopf und löste sich aus den Armen ihrer Freundin. Sie trat zurück, um Abstand zwischen sie beide zu bringen und die kalte Luft ihr erhitztes Gesicht kühlen zu lassen.

„Dann sag mir, was los ist", verlangte Alana. „Ich kann dir vielleicht nicht helfen, aber es könnte helfen, darüber zu reden."

Gabi holte tief Luft, bis sich ihre Lungen zum Zerbersten füllten. Sie konnte die Worte nicht aussprechen, sonst wüsste Blake schon längst Bescheid. Und sobald sie stark genug war, darüber zu reden, sollte er der Erste sein, der es erfuhr.

Gabi wischte sich die Tränen von den Wangen und lachte, in der Hoffnung, Alana damit zu beschwichtigen. „Mir gehts gut.

Das ist nur der Alkohol. Gib mir fünf Minuten, um mich sammeln, dann komme ich wieder rein."

Das Letzte, was sie tun wollte, war, zurück in diesen Stripclub zu gehen, aber wenn sie nicht die nötige Zeit bekam, um ihre Entschlossenheit wiederzuerlangen, glaubte sie nicht, dass sie den Rest der Nacht, geschweige denn das verbleibende Wochenende überstehen würde. „Ich verspreche es", fuhr sie fort. „Sobald ich mich beruhigt habe, komme ich zu euch."

Es war keine Lüge. Gabi wollte Alanas Junggesellinnenabschied wirklich genießen. Sie war sich nur nicht sicher, ob sie in der Lage sein würde, sich aus eigener Kraft zu beruhigen.

Kapitel Sechs

SEAN KLETTERTE aus dem Taxi und folgte den Jungs in den Schönheitssalon. Er musste zugeben, dass der Abend nicht so lahm war, wie er anfangs erwartet hatte. Als man ihm gesagt hatte, dass ihr Plan mit den Stripperinnen und Alkohol in ein schwachsinniges Spiel mit Mutproben umgewandelt worden war, war er genervt gewesen. Aber Masons Rumgezicke machte den Mangel an nackten Frauen wett.

Nicht, dass er seine Freunde gerne leiden sah … nun, das war vielleicht gelogen. Wenn es um Mason ging, sah Sean ihm nur allzu gerne beim Leiden zu. Der Frontmann ihrer Band war die Arroganz in Person und so war es für Sean zu einer angenehmen Erfahrung geworden, Zeuge davon zu sein, wie das kommende Album ihn stresste. Die übrigen Bandmitglieder wussten, dass er früh genug wieder auf die Beine kommen würde. Keiner von ihnen war beunruhigt. Stattdessen amüsierten sie sich köstlich über Masons Verlust an Selbstvertrauen.

Vor ihm hielt Mitch die Tür des Salons auf und Sean trat ein. Der beißende Geruch von Nagellack und Räucherstäbchen traf ihn wie ein Schlag ins Gesicht. Aber er ignorierte ihn und tauchte in die Atmosphäre ein. Er hatte gleich ein Date mit heißem Wachs und einer sexy Kosmetikerin. Was konnte man sich mehr wünschen?

„Der Junggesellenabschied?", fragte eine Frau mittleren Alters hinter einem hüfthohen Tresen. Sie hatte dunkles gewelltes Haar und trug ein freundliches Lächeln, das bis zu ihren hellen haselnussbraunen Augen reichte. Sean musterte jeden Zentimeter von ihr und stellte sich vor, wie ihre Hände über seinen Schritt wanderten, wie das warme Wachs auf seiner Haut kribbeln würde, gefolgt von dem brennenden Schmerz und dem kribbelnden Vergnügen.

„Ja", murmelte Mitch neben ihm und seine Schultern schwankten, als er die Tür zuzog.

„Großartig." Die Frau klatschte ihre Handflächen zusammen. „Ich habe einen Raum für das Waxing vorbereitet, aber mir wurde gesagt, dass drei weitere Behandlungen gebucht werden, wenn Sie hier ankommen. Was wollen Sie noch machen lassen?" Sie reichte Ryan eine Broschüre.

Mason nahm sie in die Hand und begann, die Liste zu lesen. „Ich bin unkompliziert", sagte Blake aus dem hinteren Teil der Gruppe. „Ich lasse mir die Nägel in einem hübschen Schwarzton lackieren."

„Schwachsinn", knurrte Mason. „Wenn ich mir die Augenbrauen wachsen lasse, musst du dir etwas Besseres einfallen lassen."

„Nein." Blake schüttelte träge den Kopf. „Muss ich überhaupt nicht."

Ein Grinsen breitete sich auf Seans Gesicht aus. Der heutige Abend lief wirklich großartig.

„Entspann dich, Arschloch. Die Sache soll doch Spaß machen." Mitch stolperte nach vorne, schnappte sich die Broschüre von Mason und reichte sie der Frau mit einem entschuldigenden Lächeln zurück. „Warum überraschen Sie uns nicht? Aber seien Sie nett, okay?"

Die Frau neigte den Kopf. „Natürlich. Fangen wir an." Sie streckte ihren Arm aus und deutete in Richtung des Flurs. Ihre Hände waren klein und zart – nicht groß genug, um Seans

Schwanz zu umschließen, doch er erahnte bereits, wie weich sich ihre Handflächen an seinem Schaft anfühlen würden. „Derjenige von Ihnen, der den Brazilian kriegt, kann in das erste Zimmer links gehen. Maree wartet schon."

Maree? Verdammt, er hatte sich schon mit der Vorstellung vertraut gemacht, den hübschen Mund dieser Dame zu ficken. Keine große Sache. Neun von zehn Kosmetikerinnen waren heiß. Das war einer der Hauptgründe, warum er immer wieder an Orte wie diesen zurückkam.

„Und Sie", sie blickte Blake an, „können dort drüben an der Nageltheke Platz nehmen." Sie zeigte auf einen Tisch mit einer kleinen Lampe in der hinteren Ecke des Raumes. „Dann kann ich Ihnen die Nägel lackieren."

Sean drehte sich zu den Jungs um, grinste sie an und salutierte. „Wir sehen uns bald wieder."

Mitch gluckste und die Auswirkungen des Alkohols zeigten sich in seinen glasigen Augen. „Viel Spaß, du verrückter Penner."

Oh, Spaß würde er haben. Daran bestand kein Zweifel. Er schritt den Flur hinunter, blieb vor der ersten Tür stehen, schob sie auf und trat in den schwach beleuchteten Raum. In den Ecken des Tresens, der sich an der hinteren Wand entlang zog, brannten Kerzen, und in der Mitte des Raumes stand ein Massagetisch, der mit einem kleinen weißen Handtuch bedeckt war und auf dem einer dieser Papiertangas lag, die er zu hassen gelernt hatte.

Eine kurvige Frau stand mit dem Rücken zu ihm, ihr helles, rotblondes Haar zu einem Pferdeschwanz gebunden, der ihre Wirbelsäule bedeckte. Sie konzentrierte sich auf den Behälter vor sich und zog mit ihren Händen, die in Latexhandschuhen steckten, ein Stäbchen durch etwas, von dem er wusste, dass es warmes Wachs war. Sie warf einen Blick über ihre Schulter, wobei ihr wunderschönes, glattes Haar über ihre Seite schwang und vorne auf ihrer Brust landete. Der Raum war dunkel, verführerisch dunkel, und doch bemerkte er das Blau ihrer Augen und den Funken der Erkenntnis in ihrem Blick.

„Hi." Er grinste sie an, sein Schwanz wurde bereits dicker und war bereit für den Einsatz. „Ich bin Sean Taiden."

Ihr Mund öffnete sich und klappte dann zu. Schüchternheit schlich sich in ihre Augen, die in ihrer Färbung dem Ozean ähnelten, und sie lächelte ihn unter zarten Wimpern hervor an. „Ich weiß, wer du bist."

Wirklich? Er zog eine Augenbraue hoch. Es kam nicht oft vor, dass Leute ihn erkannten. Ja, Reckless Beat war berühmt – Mason, Mitch und nun auch Blake waren in aller Munde. Aber Sean war der gesichtslose Typ, der ganz hinten auf der Bühne saß. Wie Mason zu sagen pflegte, saß er buchstäblich den ganzen Tag auf seinem Arsch und schlug auf Dinge ein. Niemand kannte ihn. Obwohl sie ihm bekannt vorkam. „Kennen wir uns?"

Sie zuckte mit den Schultern und drehte sich um, um sich wieder auf das Rühren des Wachses zu konzentrieren. „Ich bin aus Richmond."

Ahh, ein Mädchen aus seiner Heimatstadt. „Wir kennen uns also?"

„Nein. Und keine Sorge, du würdest dich nicht an mich erinnern." Sie legte das Stäbchen auf den Tresen und drehte sich wieder zu ihm um. „Hast du schon einmal einen Brazilian machen lassen?"

„Ja." Und je mehr er darüber nachdachte, das Ritual zu wiederholen, desto härter wurde sein Schwanz. Er zog sich sein Hemd über den Kopf – völlig unnötigerweise, da sie sich nur auf seinen Schritt konzentrieren musste, aber er wollte sehen, wie ihre Augen bei der Zurschaustellung seiner Haut aufleuchteten.

Und sie enttäuschte ihn nicht.

Er konnte es sich nicht leisten, etwas anderes als einen makellosen Körper zu haben, wenn es um Muschis ging. Ohne seinen durchtrainierten Torso würde ihn jedes Groupie für Mason links liegen lassen. Und er hasste es, sich mit den Resten zufriedenzugeben.

Nun griff er nach seinem Gürtel und öffnete die Schnalle.

Sie starrte ihn mit großen Augen und offenem Mund an. „Okay. Ich lasse dich kurz allein, damit du dir anstandshalber den Papiertanga anziehen kannst." Sie rührte sich nicht, stand nur da und sah zu, wie er sich die Schuhe auszog und den ersten Knopf seiner Jeans öffnete.

„Ich besitze keinen Anstand", murmelte er und schob sich Hose und Boxershorts von den Schenkeln. Sie starrte ihn lange Sekunden an, bevor sie sich schnell wieder dem Tresen zuwandte. „Wohl eher nicht", flüsterte sie und räusperte sich. „Wenn du dich dann hinlegst, können wir anfangen."

Er gehorchte und legte sich auf die dünne Papierschicht, die über die gesamte Länge des gepolsterten Tisches drapiert war. Dann verschränkte er die Hände hinter seinem Kopf und starrte Maree an, die sich mit einem Stäbchen voller Wachs umdrehte.

Sie sah ihm nicht in die Augen. Ihr Gesicht war völlig emotionslos, obwohl sich eine dunkle Röte auf ihre Wangen legte. „Kannst du eines deiner Beine abwinkeln und deinen … Penis zur Seite halten, bitte?"

Er gluckste und genoss ihr Unbehagen. „Klar."

Sie beugte sich über seine Männlichkeit und benutzte ihre Finger, um die bereits straffe Haut seines Sackes weiter zu straffen. Mit effizienten Strichen zog sie zwei Spuren aus Wachs, eine entlang der Unterseite seines Schafts und die andere über seine Eier. Dann drehte sie sich um, legte den Applikationsstab in einen Behälter und kam zurück, um auf das abkühlende Wachs zu pusten und vorsichtig daran zu klopfen, um zu sehen, ob es ausgehärtet war.

„Bereit?", fragte sie.

Er antwortete nicht, sondern grinste nur auf sie herab, sodass ihre tiefroten Wangen noch dunkler wurden.

Es stach, als sie das Wachs abriss. Der übliche Schmerzstoß erfüllte seine Lungen und brachte seinen Schwanz zum Pulsieren. Normalerweise war er kein Masochist. Schmerzen im Schlafzimmer brachten ihn nicht in Wallungen. Aber sobald er die Hände einer Fremden auf seinen Eiern spürte und im Empfangsbereich Kunden warteten, änderte sich alles.

Maree fuhr damit fort, Wachs aufzutragen und es Minuten später wieder zu entfernen. Auftragen und entfernen. Auftragen und entfernen. Bis sein Schwanz so empfindlich war, dass er allein durch den Griff seiner eigenen Hand kommen wollte. Sie sprach nicht. Verweigerte den Blickkontakt, nur ihre freche kleine Zunge glitt immer wieder heraus, um ihre hübsche rosa Unterlippe zu befeuchten.

„Erledigt", verkündete sie schließlich, zog sich die Plastikhandschuhe aus und warf sie in den Mülleimer.

„Wirklich?", murmelte er. „Du bist wirklich schon fertig mit mir?"

Sie schaute ihn verwirrt an und er ließ seinen erigierten Schwanz los und gegen seinen Bauch wippen. Ihre Augen weiteten sich und die Schüchternheit kehrte in ihre großen blauen Augen zurück.

„Gibt es sonst nichts, was du machen willst?"

Ihr Blick wanderte zu seinem Schaft und dann zurück zu seinem Gesicht. „Das sollte ich nicht." Sie hielt inne, um zu schlucken. „Ich würde eine Menge Ärger bekommen."

„Wirst du nicht." Er griff nach ihrer Hand, zog sie an sich und drückte ihr einen Kuss auf die Knöchel. „Ich kann leise sein, wenn du es kannst."

Sie biss sich auf die Lippe und ihr Mund verzog sich zu einem schüchternen Lächeln, das winzige Grübchen enthüllte.

Er nahm die Leidenschaft in ihrem Blick als Zeichen der Zustimmung und setzte sich auf, wobei er seine Beine über die Tischkante hängen ließ. Dann zog er sie zu sich, klemmte sie zwischen seine Schenkel und hob ihr Kinn mit seinen Fingern an. Sie starrte ihn an, eine Mischung aus Ehrfurcht und Überraschung in ihren Zügen.

„Ich will dich küssen", murmelte er und beugte sich vor, sodass ihre Gesichter nur noch Zentimeter voneinander entfernt waren.

Sie antwortete mit einem Wimmern, schloss die Augen und ihre Hände legten sich an seine Seiten. Er kicherte gegen ihre Lippen, weil er ihre niedliche Art, ihre Zustimmung auszudrücken, wunderbar fand, und presste seinen Mund auf ihren. Sie stöhnte in den Kuss hinein und ihre Finger bewegten sich zögernd über die glatte Haut, dort, wo seine Beine mit seiner Taille verbunden waren.

„Berühre mich." Er sprach in ihren Mund. „Nimm meinen Schwanz."

Langsam folgte sie seiner Aufforderung und strich mit ihren Handflächen über seine Haut, bis ihre Nägel die Länge seines Schafts berührten. Er spannte sich an, so verdammt kurz vor der Explosion, und vertiefte ihren Kuss. Er kostete sie aus, atmete ihr bedürftiges Wimmern ein, schmeckte die Süße ihrer Zunge.

„Wir brauchen ein Kondom", flüsterte er.

Sie nickte und trat zurück, was es ihm erlaubte, vom Massagetisch zu gleiten und die paar Schritte zu gehen, um seine Jeans vom Boden aufzuheben. Er kramte in den Taschen, griff nach einem der drei Kondome, die er hineingesteckt hatte – weil ein Mann nie wusste, wie viel Glück er haben würde –, und manövrierte sich zurück an ihre Seite.

Als sie sich auf Augenhöhe befanden, hielt er inne, ergriff ihre Hüften und hob sie hoch, um sie auf den Tisch zu setzen. Ohne Vorwarnung griff er in den Bund ihrer marineblauen Hose und begann daran zu ziehen, bis er sie entlang ihre Oberschenkel bis über ihre Knie hinuntergezogen hatte. Schließlich zog er sie ihr ganz aus, zusammen mit ihren schwarzen Schuhen, und trat dann zurück, um ihr durchnässtes weißes Höschen zu bewundern. Ihre jungfräuliche, spitzenbesetzte Unterwäsche zeugte von Unerfahrenheit, doch das leichte Glitzern in ihren Augen sprach von einer verborgenen Verführerin, die darauf wartet, sich zu befreien.

„Spreiz deine Beine." Er stieß eines seiner Knie gegen ihres und schob sich zwischen ihre Schenkel. Dieser verdammte Geruch von Nagellack, der in der Luft hing. Wären sie in seiner Hotelsuite gewesen, hätte er ihre Erregung riechen können, ihre Süße auf seiner Zunge schmecken können.

„Mach das für mich auf." Er reichte ihr die Kondompackung

und grinste über die Sekunden, die es dauerte, bis sie sich in die Realität zurückgeblinzelt hatte. „Geht es dir gut?"

Sie nickte.

„Gut." Er griff in den Bund ihres Höschens und zog es ihr mit einem Ruck herunter, sodass sie über seine Grobheit keuchte. Als der dünne Stoff zu Boden fiel, starrte er auf den Scheitelpunkt ihrer Schenkel und genoss den verlockenden Anblick ihrer makellos enthaarten Muschi. „Schön."

„Freut mich, dass sie dir gefällt", antwortete sie und spreizte ihre Beine ein wenig weiter.

Er liebte den weiblichen Körper. Er könnte stundenlang starren, tagelang spielen, und doch würde er niemals genug bekommen. Jetzt streckte er seine Hand aus und wartete auf das Kondom. Mit zittrigen Fingern drückte sie es ihm in die Hand und drei Sekunden später war er einsatzbereit. Er packte ihren Hintern und zog sie daran nach vorne, sodass sie halb über der Tischkante schwebte. Sie keuchte auf, klammerte sich an seine Schultern und stieß einen scharfen Atemzug aus, als sein Schwanz den Eingang zu ihrer Muschi fand.

„Mach dich bereit, Süße." Er ließ die Krone seines Schaftes zwischen ihre Falten gleiten, um ein Gefühl für ihre Erregung zu bekommen und ihre Lust zu testen. Er neckte sie, bis sie zu stöhnen begann und ihre zarten Finger nun seinen Nacken fester umklammerten. „Du bist keine, die schreit, oder?"

Sie schüttelte den Kopf. „Nein", keuchte sie.

„Na dann." Mit einem Stoß versenkte er sich in ihr und tauchte mit seinem Schwanz in eine Enge ein, die ihn ein befriedigtes Stöhnen unterdrücken ließ. Ihre Fingernägel gruben sich in seine Haut und sie senkte ihren Kopf, um ihn an seine Schulter zu legen.

„Nimm mich hart", flehte sie.

Er knurrte, weil ihm ihr Stil gefiel, weil er ihre Hemmungslosigkeit genoss. Er stieß sich kraftvoll in sie und das stramme Klatschen von Haut auf Haut hallte im Raum wider. Sie war nass und sein Schwanz glitt in sie hinein und wieder aus ihr heraus, als wäre sie aus Seide.

„Was ist dein Trigger?", fragte er und wollte sie mit sich ziehen, während er sich der Ziellinie näherte. Er hatte genügend Frauen gehabt, um zu wissen, dass sie alle unterschiedlich waren.

Manche mochten es, wenn er ihre Brustwarzen massierte, andere fuhren auf die Stimulation ihrer Klitoris oder Analspielchen ab. Ihm gefiel alles. Vor allem schätzte er die Art und Weise, wie sie sich ihrer Lust hingaben.

Sie versteifte sich und zog sich zurück, um ihm in die Augen zu sehen. „Ich weiß nicht, was du meinst." Eine Unschuld schlich sich in ihre Züge, die er dort nicht haben wollte. Was er wollte, war, dass sie den Verstand verlor, sich unter ihm wand, dass ihre bedeckten Brüste sich auf der Suche nach Reibung an ihn drängten.

Und warum zum Teufel hatte er ihr nicht das Oberteil ausgezogen? Verflucht, er war heute ein Mann auf einer Mission. Normalerweise konnte er sich an Titten nicht sattsehen.

„Was magst du? Wie kann ich es schön für dich machen?"

Ihre Grübchen kamen wieder zum Vorschein und sie sah weg. „Nimm mich einfach härter." Sie lehnte sich zurück und stützte sich mit einer Hand auf dem Massagetisch ab, während die andere an ihrer Taille hinunter zu ihrer Klitoris glitt.

Oh Gott. Sie mochte schüchtern sein, wenn es um Sex ging, aber sie hatte kein Problem damit, sich selbst zum Höhepunkt zu verhelfen. Er beobachtete fasziniert, wie sie mit den Spitzen ihrer manikürten Fingerspitzen über ihre Klitoris rieb. Und sie wirkte so süß dabei. So feminin. Der Anblick von all dieser Schönheit bewirkte, dass seine Eier sich zusammenzogen. Er umklammerte ihre Hüften und rammte sie so hart, dass sein Sack gegen ihren Arsch klatschte. Sie atmete scharf ein und zuckte zusammen. Einen Moment lang dachte er, er hätte ihr wehgetan, aber sie verengte ihren gierigen Blick und forderte ihn damit heraus, weiterzumachen. Ihre Nägel gruben sich in den Tisch, und bei den nächsten Stößen begannen sich die Holzbeine zu bewegen und schrillend und quietschend über den Boden zu scheuern.

Maree schloss ihre Augen und begann bei jedem seiner Stöße zu wimmern, während ihre Hand wie wild über ihre Perle rieb. Ihr Stöhnen wurde schneller, lauter, und er hoffte wie verrückt, dass sie jeden Moment kommen würde, denn er war so weit.

Er wölbte seinen Rücken und stieß sich immer wieder in sie, bis sein Schwanz in einem Orgasmus explodierte. *„Fuck"*, knurrte er mit zusammengebissenen Zähnen, kniff die Augen zusammen und genoss die leidenschaftlichen Wogen der Lust, die ihn überrollten. Sie klammerte sich an ihn und ihre Muschi melkte ihn, während sie sich unter ihrem eigenen Höhepunkt verkrampfte und immer wieder zusammenzog.

Als die letzten Wellen der Lust in seinem Körper verebbt waren, ließ sie ihre Beine von seiner Taille sinken. Sie atmeten zusammen, keine Gefühle, keine klammernde Verpflichtung, nur die Ehrfurcht vor ihrem gemeinsamen Akt der Befriedigung, die ihre Mundwinkel hoben.

„Das war absolut brillant", keuchte er und legte eine Hand um ihren Hinterkopf, um ihr einen

schmatzenden Kuss auf die Lippen zu drücken. Sie nickte wimmernd und stärkte sein Ego mit ihrem benommenen Ausdruck noch weiter. Sie war verwirrt, schwebte immer noch in dem Raum zwischen Höhepunkt und Realität.

Er grinste und trat einen Schritt zurück. Dann entsorgte er das Kondom und ging um den Tisch herum, um sich seine Sachen zu holen. Ein weiterer gut gemachter Brazilian. Mann, er liebte diesen Scheiß.

„Ich kann nicht glauben, dass das gerade passiert ist." Sie warf einen Blick über ihre Schulter, bevor sie sich vom Tisch abstieß und ihr Oberteil zurechtrückte. „Ich nehme an, das war nicht das erste Mal für dich."

Er zog seine Hose hoch und konnte sich ein Grinsen nicht verkneifen. „Nein. Es war nicht das erste Mal. Ich mag Sex, nachdem eine Frau ihre Hände überall an meinem Sack hatte."

Sie schmunzelte einseitig, bevor sie ihren Kopf senkte und sich wieder in die schüchterne Frau verwandelte, die er kennengelernt hatte, als er vorhin hereingekommen war. Je länger er sie ansah, desto sicherer war er sich. Er kannte sie, oder *hatte* sie gekannt. Es wollte ihm nur nicht einfallen, woher.

„Auf welche Schule bist du gegangen?" Er zog sich sein Hemd über den Kopf und wartete auf eine Antwort.

„Godwin High", murmelte sie.

Jackpot. „Dann habe ich dich wohl dort schon einmal gesehen." Aber sie war jünger als er, mindestens drei oder vier Jahre.

Sie nickte und wandte sich wieder dem Tresen zu, um sich die Hände zu waschen. „Ja."

Klasse. Rätsel gelöst. Er zuckte mit den Schultern. „Gut, ich werde Mason holen, damit du ihn auch rannehmen kannst."

Sie warf ihm einen versteinerten Blick über die Schulter zu, die Augen weit aufgerissen.

„Verflucht." Er lachte auf, lang und laut, sodass das Geräusch von den Wänden widerhallte. „Ich meinte nicht, ihn *rannehmen*. Ich meinte das Wachsen. Ich schicke ihn rein, damit du ihm die Augenbrauen wachsen kannst."

„Oh." Ihre Körperhaltung entspannte sich und sie schüttelte den Kopf. „Gut, dass du das klargestellt hast. Ich bin mir nicht sicher, ob dieser Körper zwei Rockstars in einer Nacht aushalten würde."

Sean ließ seinen Blick erst über ihre Kurven gleiten und dann wieder zurück zu ihren funkelnden blauen Augen. „Süße, ich bin mir verdammt sicher, dass er das würde."

Kapitel Sieben

MITCH SAß im Empfangsbereich und blätterte in einer nichtssagenden Zeitschrift. Diese ganze Scheiße wurde immer schlimmer. Jetzt musste er den Rest des Abends mit einem Gesicht voller Braut-Make-up überstehen. Sie hatten ihn mit Lippenstift, Lidschatten, Rouge, Puder und hautfarbener Paste verunstaltet, die sie ihm ins Gesicht geschmiert hatten, und verdammte falsche Wimpern hatten sie ihm auch noch aufgeklebt. Er sah aus wie eine Fünfzig-Cent-Nutte, die seit Jahren keinen Kunden mehr an Land gezogen hatte.

Und der einzige Grund, warum er die Behandlung bis zum Schluss über sich ergehen hatte lassen, war, dass er zu betrunken gewesen war, um aufzustehen. Die zwanzigminütige Auszeit von der Realität hatte ihm die nötige Zeit verschafft, ein paar Gläser Wasser zu trinken – solange er sich nicht den Lippenstift verschmierte – und damit zu bewirken, dass der Raum sich nicht mehr drehte.

Jetzt wankte er zumindest nur noch.

Blakes Nägel waren bereits schwarz lackiert. Ryan hatte sich für eine Behandlung mit Bräunungscreme gemeldet, Sean ließ unvorstellbaren Scheiß mit seinen Eiern machen und Mason war als Nächster dran. Mitch freute sich schon darauf zu sehen, wie der arrogante kleine Schwanzlutscher das Brennen des

Wachsens ertragen musste, und je eher, desto besser. Er konnte keine weiteren fünf Minuten das Gekicher der Jungs von der anderen Seite des Raumes ertragen.

„Du bist der Nächste, Hübscher", sagte Blake neben Mitch und reckte sein Kinn in Masons Richtung.

Die drei drehten sich um und sahen Sean an, der gerade zurück hereinkam.

„Lief alles wie geplant?", fragte Blake.

Sean zuckte mit den Schultern und ein Grinsen breitete sich auf seinen Lippen aus.

„Schwachsinn", fauchte Mason. „Das glaube ich dir nicht."

Sean gluckste. „Ich war sehr zufrieden mit dem Service. Wie immer." Sein Blick wanderte an Mitch vorbei, bevor er ein zweites Mal hinsah. „Was zum Teufel ist mit deinem Gesicht los?"

Mitch stöhnte. *Bitte, bitte, bitte, lass mich die Nacht ohne fotografische Beweise überstehen.*

„Er wurde eingeführt in die Freuden des Braut-Make-ups", spottete Mason. „Ist er nicht wunderschön?"

Mitch funkelte ihn an und wünschte sich einen tödlichen Laserblick, um das Arschloch in Asche zu verwandeln. „Ja, sie hat mich gefragt, wem ich ähnlich sehen will, und ich habe mich für deine Mom entschieden."

„Dann haben sie es aber nicht gut hinbekommen", fügte Blake hinzu. „Seine Mutter hat mehr Gesichtsbehaarung."

„Fang jetzt nicht damit an", lachte Sean. „Ich will hier raus. Mace, beeil dich." Er ruckte mit dem Kopf in Richtung Flur. „Ich komme mit, um dich moralisch zu unterstützen."

„Ich auch." Mitch stieß sich von seinem Stuhl ab. „Das muss ich sehen." Er folgte den Jungs den Flur hinunter, Blake in seinem Rücken. Mason ging voraus und betrat den Raum, aber Sean versperrte den anderen den Weg, bevor auch sie eintreten konnten.

„Kann ich die Challenge-Liste noch einmal sehen?", fragte Sean und streckte seine Hand nach Mitchs Telefon aus.

„Sicher." Mitch zog das Handy aus seiner Jackentasche und scrollte zu Alanas E-Mail. „Wofür brauchst du sie?"

Seans Lippen verzogen sich zu einem Grinsen. „Nur zur Klarstellung." Er nahm das Telefon in die Hand und konzentrierte sich für einige stille Sekunden auf das Display. Sein Grinsen wurde breiter und er lehnte sich dicht heran. „Euch ist klar, dass auf der Liste steht ‚*ein Augenbrauen*-Waxing', nicht ‚*zwei Augenbrauen*'?", flüsterte er. „Was, wenn die Mädels damit gemeint haben, dass er sich eine Augenbraue komplett entfernen lassen muss?"

Mitch schnaubte und stellte sich ihren Schönling vor, wie er mit schiefem Gesicht und schmollend durch Sin City schlurfte.

„Worüber lacht ihr Arschlöcher?", rief Mason von drinnen.

„Gar nichts. Du legst dich einfach hin und lässt die Dame ihre Arbeit machen", antwortete Sean und lehnte sich an Mitch. „Du willst die Herausforderung doch nicht wegen einer Formsache verlieren, oder?"

„Meinst du das ernst?"

„Todernst. Er benimmt sich schon den ganzen Abend wie ein totaler Schwachkopf. Warum geben wir ihm nicht einen richtig guten Grund, die Zicke raushängen zu lassen?"

Mitchs betrunkene Seite liebte die Idee. Aber die Kosmetikerin würde niemals zustimmen. Sie mochte jung sein. Aber das hieß nicht, dass sie dumm war … andererseits, wenn sie mit Sean Sex gehabt hatte …

„Maree, kann ich dich kurz sprechen?", rief Sean über seine Schulter.

„Oh, Scheiße", murmelte Blake. „Ich gehe jetzt rein. Ich habe nicht genug Alkohol getrunken, um bei sowas mitzumachen."

Blake verschwand in dem abgedunkelten Raum und Mitch wusste, dass er ihm folgen sollte – wenn auch nur aus Selbstschutz. Aber Sean hatte recht, Mason hatte es verdient. Der Alkohol, der Mitchs Körper durchflutete, sang ihm ein Lied davon, dass sie es ihrem aufgeblasenen Schönling mit gleicher Münze heimzahlen sollten. Was aber nicht bedeutete, dass er einer der Anstifter sein wollte.

„Wir treffen uns drinnen", sagte Mitch und lächelte der jungen rotblonden Frau entgegen, die diskret in den Flur gekommen war.

Sean grinste. „Feigling."

„Sieht so aus."

Mason lag auf dem Massagetisch in der Mitte des Raumes und sein Blick folgte Mitch, als dieser hereinkam und sich neben Blake an die Wand lehnte.

„Was habt ihr vor?"

Blake hob kapitulierend die Handflächen. „Ich habe überhaupt nichts vor, Mann."

Masons Augen verengten sich misstrauisch, doch er blieb ruhig und verschränkte die Hände hinter dem Kopf und konzentrierte sich auf die Decke. Die Zeit verging und vom Flur drang leises Murmeln zu ihnen herein. Dann drehte Mason seinen Kopf und starrte Mitch genervt an. „Komm schon, Mann. Lass uns die Challenge-Sache vergessen und in eine Tittenbar gehen."

Mitch schüttelte den Kopf. „Keine Chance." Er würde jetzt keinen Rückzieher machen. Allerdings lief ihnen die Zeit davon. Die Zehn-Uhr-Frist war nicht mehr weit entfernt und sie hatten noch drei weitere Mutproben zu erfüllen. „Beeil dich, Sean", sagte Mitch mit lauter Stimme. „Wir haben keine Zeit für sowas."

„Was macht er?", fragte Mason.

Blake zuckte mit den Schultern. „Wahrscheinlich schmiedet er Pläne für eine weitere Runde Masochismus später." Maree betrat den Raum und schenkte ihnen ein schüchternes Lächeln, bevor sie auf den Tresen im hinteren Teil des Raumes zuging. Sean kam hinter ihr herein und grinste schelmisch, als er sich neben Blake stellte.

„Bitte sag mir, dass sie nicht zugestimmt hat", murmelte Mitch. Mason würde sie umbringen, wenn sein perfektes Gesicht in Zeitschriften auf nicht mehr ganz so perfekte Weise auftauchte.

„Wieso?" Sean nickte mit dem Kopf in Masons Richtung,

während er weiter grinste. „Seht euch den eingebildeten Mistkerl doch an. Er hat eine ordentliche Dosis Realität verdient. Und wenn sie es tatsächlich durchzieht, wird dies die beste Nacht meines Lebens."

Maree murmelte Mason Fragen zu, was Mitch die Gelegenheit gab, sich näher an Sean zu stellen, um nicht belauscht zu werden. „Sie hat also Ja gesagt?"

Sean starrte weiter auf Mason hinunter, der seine Aufmerksamkeit nun auf die Kosmetikerin gerichtet hatte. „Ich bin mir nicht ganz sicher. Sie hat Angst, gefeuert, verklagt oder öffentlich gedemütigt zu werden, wenn sie das makellose Gesicht unseres furchtlosen Anführers verunstaltet. Aber ich kann ziemlich überzeugend sein, wenn ich es will."

„Ich wette, das kannst du", murmelte Blake.

Mitchs Herz begann wild zu pochen, als die Frau zurück zum Tresen ging und ein Stäbchen durch ein Gefäß mit erwärmtem Wachs zog. Das hier war nicht richtig. Irgendwo tief in seinem Inneren, unter vielen flüssigen Schichten von Alkohol begraben, bettelte Mitchs Gewissen darum, erhört zu werden. Nur schienen die zahlreichen Gläser Bier und Scotch die volle Wucht dieser Warnung zu dämpfen. Er wusste, dass Mason es verdient hatte. Er konnte es kaum erwarten, das Gesicht des arroganten Arschlochs zu sehen, wenn er in den Spiegel blickte, aber etwas anderes nagte an ihm. Etwas, das der Nebel in seinem Gehirn ihn nicht durchschauen ließ.

Oh, verflucht. Mitch stieß Sean an die Schulter. „Was ist mit Samstag? Alana wird mich umbringen, wenn Mason auf den Hochzeitsfotos nur eine Augenbraue hat."

„Fuck", hauchte Blake.

Seans Augen weiteten sich. „Daran habe ich nicht gedacht."

Mitch drehte sich zu Maree um, bereit, sie in den Flur zurückzurufen. Doch es war zu spät. Sein Herz rutschte ihm in die Hose. Sie hatte die rosafarbene Paste bereits auf Masons linke Augenbraue aufgetragen – auf seine gesamte Augenbraue.

Schlimmer konnte es eindeutig nicht mehr für ihn laufen und Alana würde ihn umbringen. Danach würde sie Mason dafür abschlachten, dass er wie ein Vollidiot aussah, Sean dafür, dass er ihn zu der Sache angestiftet hatte und Blake dafür, dass er sie hatte geschehen lassen. Und wie immer wäre Ryan das Lieblingskind, das ungeschoren davonkam.

„Was glotzt du so dämlich?", fragte Mason und riss Mitch aus der Vision eines vollwertigen Blutbads in seinem Kopf. Er ließ seinen Blick von Maree zu Sean wandern, dann zu Mitch und Blake und betrachtete jeden einzelnen von ihnen genau, bis er zurück zu Sean sah. „Was zum Teufel habt ihr getan?"

„Gar nichts." Sean zuckte mit den Schultern. „Lehn dich zurück und entspann dich. Lass die reizende Dame ihre Arbeit machen."

Mason funkelte ihn an. „Wenn du etwas geplant hast, reiße ich dir den Arsch auf, Sean. Du weißt, dass ich das tun werde." Er presste seine Lippen zu einer grimmigen Linie zusammen, während er die Augen wieder schloss und seinen Kopf zurück auf die Massageliege lehnte.

Maree platzierte eine zittrige Hand an einem Ende des trockenen Wachsstreifens und straffte mit der anderen Masons Haut. Ihr Gesicht war kreidebleich, als sie zur Bestätigung zu Sean aufsah, und dann, mit einem kräftigen Ruck, das Wachs entfernte.

„Motherfucker!"

Kapitel Acht

Blake presste die Lippen aufeinander und spannte seine Bauchmuskeln an, um die Totenstille nicht mit einem Lachanfall zu durchbrechen.

Mason lag reglos da, der Mund stand ihm offen, und er blinzelte langsam, während Mitch, Sean, Maree und Blake ihn halb schockiert, halb in verhaltener Hysterie anstarrten. Zugegeben, auf dem Gesicht der Kosmetikerin war kein Humor zu erkennen. Die Frau war blass und er vermutete, dass sie kurz davor war, ihr Abendessen hochzuwürgen.

Mason hob eine Hand und fuhr mit den Fingern über die Stelle, an der bis vor ein paar Sekunden noch seine linke Augenbraue gewesen war. „Nennt mich paranoid, aber warum kann ich meine Augenbraue nicht mehr spüren?"

Maree räusperte sich und machte einen vorsichtigen Schritt zurück.

„Du kannst jetzt gehen, Schätzchen", sagte Sean und grinste.

„Moment. Was?" Mason setzte sich auf. „Was zum Teufel ist hier los?" Seine Fingerspitzen rieben weiter über jene Hautstelle, deren Rötung noch erahnen ließ, wo das Wachs geklebt hatte. „Gib mir einen Spiegel."

Marees Unterlippe bebte. Es war ihre eigene Schuld, dass sie sich davon hatte verführen lassen, was auch immer Sean ihr eingeredet hatte, aber trotzdem tat ihm die junge Frau leid.

„Geh." Blake ruckte mit dem Kopf in Richtung der Tür. Die Wahrheit war, dass er irgendwie selbst Angst hatte. Mit einer Augenbraue sah Mason absolut lächerlich aus, was bedeutete, dass der Kerl in großem Stil ausrasten würde.

„Wir übernehmen jetzt", fügte Blake hinzu und schob die Tür hinter sich zu, während sie aus dem Zimmer huschte.

„Gebt mir einen *gottverdammten Spiegel*", verlangte Mason. „Wenn du getan hast, was ich glaube, dass du getan hast, dann reiße ich dir den Kopf ab, Mann." Er stieß sich vom Tisch hoch und griff nach dem runden Spiegel, der auf dem Tresen stand.

Mitch bewegte sich langsam auf die Tür zu, den Blick auf Mason gerichtet, der sein Spiegelbild anstarrte. Es herrschte Stille. Eine lange, nicht enden wollende Stille, die Blake eine Gänsehaut bereitete und sein Herz schneller schlagen ließ. Jeden Moment würde Mason ausflippen. Jede Sekunde war es so weit, dann würde er aus der Haut fahren und –

„*Du verdammtes Arschloch.*" Mason knallte den Spiegel auf den Tresen, drehte sich um und stürzte sich über den Massagetisch, bevor er einen lachenden Sean am Hals packte. „Du bist tot."

Seans Lachen endete in einem Grunzen, als Mason ihn in den Schwitzkasten nahm, ihn zwang, sich vornüberzubeugen, und ihm einen schnellen Aufwärtshaken in den Bauch verpasste.

Autsch. Blake rührte sich nicht. Erstens wollte er keine Aufmerksamkeit erregen und zweitens hatte Mason ein paar Sekunden verdient, um seine Wut abzubauen. Szenen wie diese hatten sich schon zuvor abgespielt. Die beiden kämpften miteinander, verpassten sich gegenseitig ein paar halbherzige Schläge in die Magengegend, ließen ihre Aggressionen heraus und die Sache war erledigt.

In diesem Moment hob Mason den Arm, formte eine Faust und holte aus. Hoch. *Oh, verdammt.* Dieser Schlag war ganz und gar nicht halbherzig, und sein Ziel war eindeutig nicht die

Magengegend. Seans Kopf schnappte nach hinten und zusammen gingen sie in einem Gewirr aus schwingenden Armen und bebenden Brustkörben zu Boden.

„Schnapp ihn dir", rief Blake Mitch zu.

Sie näherten sich und versuchten, nicht über die beiden Männer zu stolpern, die nun über den Fußboden aus Linoleum rollten, mit Geräten kollidierten und gegen Wände stießen.

„Das reissssscht", lallte Mitch bedrohlich, auch wenn er mit seinem femininen Make-up wie ein Transvestit aussah.

Mason und Sean kämpften weiter, ihre Schläge wurden härter, ihr Stöhnen lauter.

„Scheiße. Ich greife ein", verkündete Mitch und sprang auf Masons Rücken wie ein WWE-Champion.

„*Mein Gott*!" Blake schüttelte den Kopf über die Pausenhof-Szene. Mitch zerrte an Masons Schultern, was Sean die nötige Luft verschaffte, um seine Faust gegen den Kiefer des Sängers zu schlagen. Der Knall hallte durch den Raum, gefolgt von einem lauten Fluch.

„Genug", schrie Blake.

Sie ignorierten ihn. Mason und Sean prügelten sich weiter in Bauch und Rippen, während ein betrunkener Mitch auf Masons Rücken ritt wie ein Rodeochampion auf dem Hengst. Die Schiebetür öffnete sich mit einem dumpfen Schlag und Licht schien aus dem Flur auf sie alle herein, als die Salonbesitzerin in den Raum stürmte, Ryan dicht hinter ihr.

„Was tun Sie denn da?", kreischte sie.

Die drei „Kinder" auf dem Boden hielten inne.

„Raus hier!"

Blake schüttelte angewidert den Kopf, vielleicht auch ein wenig amüsiert, als Mitch seinen Blick mit den falschen Wimpern hob und der Frau einen verlegenen Blick zuwarf. Mason verharrte über Sean, eine Hand an seiner Kehle, die andere zum Schlag bereit.

„Kommt schon, Leute", drängte Blake. „Lasst uns gehen."

Mason funkelte Sean an und verpasste dem Schlagzeuger

einen letzten Schlag in den Magen, bevor er aufstand und sich um die Frau herum manövrierte, um den Raum zu verlassen.

„Tut mir leid, Ma'am. Es war meine Schuld", murmelte Sean, nahm die Hand, die Mitch ihm hinhielt, und rappelte sich auf. „Ich gebe Ihnen meine Kontaktdaten, dann können Sie mir den Schaden in Rechnung stellen."

„Oh, das werde ich", fauchte sie und trat zurück, um die beiden in den Flur zu entlassen.

Ryan stapfte hinter Mason her, dann folgten Sean und Mitch und ließen Blake mit der wütenden Frau zurück.

„Es tut mir leid –"

Sie unterbrach ihn mit einem entschlossenen Kopfschütteln. „Gehen Sie."

Er gehorchte nickend und ging auf dem Weg nach draußen an Sean vorbei. Der Rest der Jungs stand in einer Gruppe ein wenig abseits des Fußgängerstroms, die Bodyguards ein paar Meter entfernt und ließen ihre Blicke über die Passanten schweifen.

„So schlimm sieht es gar nicht aus", bot Ryan an, warf Blake seine Baseballmütze zu und reichte Mitch und Mason ihre.

Mason schnappte sich seine mit einer hochgezogenen Augenbraue … nun, mit hochgezogener Haut, dort, wo seine Augenbraue hätte sein sollen, und zog sie sich tief in die Stirn. Einer der Bodyguards prustete und wandte sich ab, wobei er versuchte, seinen Lachanfall mit einem vorgetäuschten Hustenanfall zu überspielen.

„Keiner fängt davon an", warnte Mason sie. „Wenn einer von euch auch nur ein verdammtes Wort sagt, lege ich erst so richtig los, habt ihr verstanden? Ich hasse euch Arschlöcher."

„Was habe ich getan?", schnauzte Ryan. „Weißt du was, ausnahmsweise denke ich, dass du es verdient hast. Vielleicht kriegst du endlich mal etwas von dem mit, was rund um dich passiert."

„Beruhigt euch." Blake setzte sich seine Baseballkappe auf den Kopf und stellte sich in den improvisierten Kreis, wobei er versuchte, niemandem in die Augen zu sehen. Sie wirkten wie eine verkorkste Truppe – Mason mit seinem schiefen Gesicht, Mitch mit seinem Transvestiten-Make-up und Ryan mit seiner falschen Bräune, die im nächtlichen Schein der Stadt leuchtend orange erschien.

„Ja, beruhige dich, Oompa Loompa", spottete Mason und drehte der Gruppe den Rücken zu.

„Du bist so verdammt kindisch", murmelte Ryan. „Und mit der Kappe sieht nicht einmal jemand dein hässliches Gesicht."

„Für heute Abend reicht es. Aber was ist mit morgen und übermorgen?", knurrte Mason. „Was ist mit der Hochzeit, hm? Glaubst du, dass mir eine ganze Augenbraue über Nacht nachwächst?"

Die Frage blieb unbeantwortet, während das geschäftige Treiben von Las Vegas um sie herum lauter wurde. Blake hatte nicht die Absicht zu verkünden, dass er mit mindestens einem Monat rechnete, bis die Haare nachgewachsen waren. Dafür war ihm sein Leben zu viel wert.

„Wie siehst du überhaupt aus, Mann?", fragte Mitch Ryan. „Du und Blake hattet die harmlosesten Behandlungen, aber Alter, du siehst aus wie eine ausgewachsene Orange."

„Ich habe mir die falsche Farbe ausgesucht", murmelte Ryan.

Die Tür des Schönheitssalons öffnete sich mit einem leisen Quietschen und sie drehten sich um und sahen, wie Sean auf sie zumarschierte. Seinem Schritt mangelte es an Selbstvertrauen und als er den Blick hob, war sein Gesicht voll mit roten Flecken um sein Kinn und sein rechtes Auge.

„Verfluchte Scheiße", wimmerte Mitch. „Alana wird mir den Schwanz abschneiden."

Blake zweifelte nicht daran. Morgen früh mussten sie den Privatjet zurück nach New York nehmen, damit das glückliche Paar die letzten Vorkehrungen für die Zeremonie am nächsten Tag treffen konnte. Ryans Bräune würde nicht über Nacht abgehen und Seans Gesicht würde bis dahin mit blauen Flecken übersät sein.

Die Vordertasche von Blakes Jeans vibrierte und er wandte

sich von der Gruppe ab, um nach seinem Telefon zu greifen. Alanas Name erschien auf dem Display und er runzelte die Stirn, verwundert darüber, warum Mitchs Verlobte anrufen sollte.

„Hey, Allie. Was gibts?"

„Blake, ist Gabi bei dir?"

Was für eine Art, sein Herz von null auf hundert zu schicken. „Nein. Warum? Wo bist du?" Er wandte sich wieder den Jungs zu und nahm Blickkontakt mit Mitch auf.

„Ich bin in einem Stripclub, ein paar Blocks vom Bellagio entfernt. Gabi war aufgewühlt und wollte draußen frische Luft schnappen. Kurz darauf habe ich nach ihr gesehen und irgendetwas belastete sie immer noch. Sie sagte, sie brauche ein paar Minuten, um sich zu beruhigen. Jetzt ist sie verschwunden und geht nicht mehr ans Telefon."

Das Blut wich aus Blakes Gesicht und Mitch starrte ihn besorgt an. „Warum war Gabi aufgewühlt?", fragte er. Es war nicht die Art seines Engels, einfach so von einer Junggesellinnenparty abzuhauen, und obwohl sie in den wenigen Stunden, die sie seit seiner Rückkehr aus Richmond miteinander verbracht hatten, eher still gewesen war, hatte er sonst nichts Ungewöhnliches an ihrem Verhalten bemerkt. Sie hatte einfach nur müde gewirkt.

„Sie hat sich mit Kate gestritten."

Diese wenigen Worte reichten aus, um Blake in Panik zu versetzen. Seine Verlobte machte keine Szenen. Wenn sie sich mit jemandem gestritten hatte, musste sie einen guten Grund dafür gehabt haben.

„Kate hat erwähnt, dass ihr beide etwas miteinander hattet. Das hat Gabi verärgert, aber ich bin sicher, dass das nicht das Hauptproblem war. Sie war schon davor nicht sie selbst. Ich dachte, es wäre etwas zwischen euch beiden."

Fuck. Er hatte gewusst, dass Kate auf der Party sein würde, und er hatte sich davor gedrückt, Gabi von ihrer Vergangenheit zu erzählen. Nicht, dass er wirklich eine Gelegenheit gehabt hätte, es ihr zu sagen. Er hatte die letzten sechs Tage mit Mason in Richmond verbracht, und obwohl sie mehr als einmal am Tag miteinander telefoniert hatten, hatte sich kein geeigneter Moment geboten, um über frühere Eroberungen zu sprechen. Als er dann nach Hause gekommen war, hatte er gerade genügend Zeit gehabt, um seine Koffer abzustellen, frische Sachen einzupacken und wieder zum Flughafen zu fahren.

Er konnte sich nicht vorstellen, dass zwischen ihnen beiden etwas nicht stimmte. Sie stritten nicht. Selbst Meinungsverschiedenheiten hatten sie nur selten und er war dankbar, dass sie sich noch in der Verliebtheitsphase ihrer Beziehung befanden. Alles, was Gabi tat, machte ihn glücklich, und er nahm an, dass es ihr mit ihm gleich ging. Ihre wenigen Probleme rührten von Gabis Unsicherheiten gegenüber anderen Frauen her, aber auch damit ging sie würdevoll und geduldig um.

„Sag mir, wo du bist. Ich bin auf dem Weg." Seine Worte weckten das Interesse seiner Freunde. Sie kamen auf ihn zu, mit besorgten Blicken auf ihren entstellten Gesichtern.

„Wir gehen gerade. Sie hat erwähnt, dass sie zurück ins Bellagio will, also warum gehen wir beide nicht zuerst dorthin. Wir können uns am Springbrunnen treffen."

„Okay. Ich werde versuchen, sie anzurufen. Bis gleich."

„In Ordnung", antwortete sie mit sanftem Ton. „Es tut mir wirklich leid, Blake. Ich hätte nicht gedacht, dass Kate so etwas Dummes sagen würde. Wir haben alle zu viel getrunken und die Dinge sind außer Kontrolle geraten."

Blake ballte seine Hand zur Faust. Er konnte sich nur allzu gut vorstellen, wie schmerzhaft die Situation für Gabi sein musste. Sie hatte sich bereits mit seiner Ex Michelle herumschlagen müssen. Dann mit der Aufmerksamkeit, die sein Online-Video ihm beschert hatte. Es schien, als ob jede Frau in den gesamten Staaten es jetzt als ihre persönliche Herausforderung betrachtete, ihn zu erobern.

„Mach dir keine Sorgen." Er nahm Blickkontakt mit Mitch auf und formte mit seinem Mund die Worte: „Ich muss los." Dann, zu Alana, sagte er: „Wir treffen uns am Springbrunnen."

Er beendete das Gespräch und stieß den Atemzug aus, der ihm in den Lungen brannte. „Ich muss los."

„Was ist passiert?", fragte Mitch. Seine Augen waren immer noch glasig vom vielen Alkohol, seine Stirn hatte er in Sorgenfalten gelegt.

„Sie wissen nicht, wo Gabi ist. Ich muss sie finden."

„Was meinst du damit, ‚sie wissen nicht, wo sie ist'?", fragte Ryan.

„Sie hat sich über irgendetwas aufgeregt. Ich kenne nicht die ganze Geschichte. Sie ist abgehauen und reagiert nicht auf Alanas Anrufe." Er rieb sich die Schläfen und versuchte, den aufkommenden Druck zu lindern.

„Was sollen wir tun?"

Blake blickte über seine Schulter und war überrascht, Besorgnis in Masons Augen zu sehen. „Gar nichts." Er schüttelte den Kopf. „Macht ohne mich weiter. Hoffentlich finde ich sie auf dem Weg zum Hotel."

„Nein. Ich komme mit", sagte Mitch und ging neben ihm her.

Auch Ryan setzte sich in Bewegung. „Ich auch."

„Ich bleibe sicher nicht mit Sean allein, also komme ich auch mit", fügte Mason hinzu. „Wir können die zehn Dollar unterwegs in Pennys wechseln und diese Aufgabe von der Liste streichen. Langsam läuft uns die Zeit davon."

Blake ignorierte das Gespräch. Es war ihm egal, was sie taten oder wie viele der Challenges sie erledigten. Alles, was ihn interessierte, war Gabi. Er stapfte die restlichen Schritte bis zur Straßenecke und bog auf den belebten South Las Vegas Boulevard ein. Mitch hielt neben Blake Schritt, während er durch sein Handy scrollte und auf Gabis Kontakt drückte. Es klingelte, einmal, zweimal, und jedes Klingeln beschleunigte den rasenden Schlag seines Herzens weiter.

„Verflucht." Wie sollte er sie mitten in der Nacht und mitten in Vegas finden?

Er versuchte es erneut und fand es schrecklich, wie besorgt

Mitch ihn ansah. Das steigerte nur seine eigene Panik, und auszuflippen war das Letzte, was er tun wollte.

Tuut. Tuut. Tuut. Keine Antwort.

„Wir sind gleich wieder da", sagte Mason hinter Blake.

Mitch drehte sich um. „Wo wollt ihr hin?"

„Wir machen einen Abstecher ins Excalibur und organisieren die Pennys."

„Scheiß auf die Pennys", antwortete Mitch. „Vergesst die restlichen Challenges. Davon haben wir doch sowieso alle die Schnauze voll."

Mason klopfte Mitch mit einer Hand auf die Schulter, woraufhin dieser zurückwich. „Bro, ich habe eine Augenbraue verloren. Ich werde jetzt nicht aufgeben. Wir nehmen einen der Bodyguards mit, sind in zwei Sekunden drin und wieder draußen und holen euch bis zum Ende des Blocks ein."

Mitch warf einen Blick zu Blake, dessen falsche Wimpern inmitten seines grauenhaften Make-ups flatterten. Sie dachten beide dasselbe – Mason würde ausflippen, wenn er herausfand, dass sie die Flitterwochen-Mutproben nur Alana zuliebe inszeniert hatten.

Blake schüttelte den Kopf und wies Mitch stillschweigend an, nichts davon zu erwähnen. Mit dieser Explosion konnten sie sich auch später noch befassen. „Ich werde langsam gehen, um die Menge nach ihr abzusuchen", sagte er zu Mason. „Stoßt zu uns, wenn ihr fertig seid, und haltet die Augen nach Gabi offen."

„Wird gemacht." Mason drehte sich um, bedeutete Ryan und Sean mit einem Kopfnicken, ihm zu folgen, und ging dann in die entgegengesetzte Richtung los.

Blake löste sich aus dem Strom der Fußgänger und versuchte erneut, Gabi anzurufen. Diesmal klingelte es zweimal, bevor eine Verbindung hergestellt wurde, und sein Magen krampfte sich vor Erleichterung zusammen.

„Blake."

Doch seine Panik kehrte mit ihrem gequälten Tonfall zurück. „Sag mir, wo du bist, Engel, und ich komme dich holen."

Sie schniefte und schnappte zitternd nach Luft. Nicht einmal die laute Geräuschkulisse der Menschen, die sich im Hintergrund unterhielten, konnte ihr Weinen übertönen. „Ich will nach Hause. Ich bin hier verloren. Ich bin verwirrt. Ich muss hier weg."

Nach Hause. Diese zwei Worte ließ ihn erstarren. Er wusste, dass sie damit nicht ihre Wohnung in New York meinte. Er blickte Mitch an, unsicher, was er tun sollte. Was hatte Blake getan, dass sie vor ihm weglaufen wollte? „Komm schon, Süße, sag mir, wo du bist."

Ihr erstickter Atemzug drang zu ihm durch. „Nein. Bleib bei Mitch und hab Spaß. Ich habe Alana schon den Abend verdorben. Ich komme schon klar. Ich brauche nur Zeit für mich."

Sein Herz hörte auf zu schlagen. Er konnte ihr nicht geben, was sie brauchte. Er musste an ihrer Seite sein und konnte sich nicht vorstellen, nicht zu ihr zu laufen, wenn sie aufgebracht war. „Gabi, was ist los? Vor einer Woche war noch alles in Ordnung. Ist es wegen Kate? Sie bedeutet mir nichts. Ich will keine andere, das weißt du."

„Es ist nicht Kate. Oder die tausenden anderen Frauen, die sich geschworen haben, dich mir wegzunehmen. Aber betrunken und gefühlsduselig zu sein, hat es nicht einfacher gemacht, das zu ignorieren. Ich kämpfe mit etwas, Blake. Ich bin am Ertrinken."

„Engel, sag mir, wo du bist." Er war dabei, den Verstand zu verlieren. Seine Handflächen waren feucht, sein Herz schlug in einem unregelmäßigen Rhythmus, seine Kehle war ausgetrocknet. Gabi war die Starke. Er hatte noch nie ihr Retter sein müssen. „Bitte, du machst mir Angst. Du musst mir sagen, wo ich dich finden kann."

„Ich bin in der Nähe des Bellagio-Brunnens. Ich habe meine Schlüsselkarte für die Hotelsuite verloren."

„Rühr dich nicht vom Fleck." Er rannte los, schob sich an den Fußgängern vorbei und schlängelte sich durch die Menge. „Ich bin schon auf dem Weg."

Kapitel Neun

GABI LEHNTE sich an die hüfthohe Betonwand des Brunnens und hielt den Kopf gesenkt, damit die Hunderten von Passanten ihr keine Aufmerksamkeit schenkten. Sie hätte ins Bellagio gehen und die Rezeptionistin um eine neue Zimmerkarte bitten, oder mit Alana zurück in den Stripclub gehen können, aber mit jemandem zu reden, war das Letzte, was sie gerade wollte. So zu tun, als ob ihr Leben perfekt wäre, war keine Option mehr.

Sie musste nach Hause, zurück nach Australien, um ins Bett ihrer Kindheit zu kriechen und so zu tun, als hätte diese schreckliche Woche niemals stattgefunden. Doch in Wirklichkeit war es undenkbar, den Mann, den sie liebte, zurückzulassen. Sie hoffte nur, dass Blake sie nicht durch andere Augen sah, wenn er die Nachricht erst erfuhr.

„Du hast mich zu Tode erschreckt." Seine tiefe Stimme ertönte direkt vor ihr und sie hob ihren Blick, um seinem panischen, rabenschwarzen Blick zu begegnen. Seine Brust hob sich angestrengt, als er sie an den Schultern packte und an seinen Körper zog. Sie schmiegte sich an ihn und lehnte ihr Kinn an seine Schulter. Ihre Augen brannten von den vielen nicht vergossenen Tränen und ihre Brust wurde schwer vor Kummer. Doch sie ignorierte die unerwünschten Gefühle und klammerte sich an die Liebe, die in seiner Umarmung lag.

Mitch erschien joggend auf der Bildfläche, senkte ein Handy von seinem Ohr und steckte es in seine Jackentasche. Gabi runzelte die Stirn und blinzelte den feuchten Schleier vor ihren Augen weg, während sie herauszufinden versuchte, ob der Schatten, den die Baseballkappe des Leadgitarristen warf, sie halluzinieren ließ. „Was ist mit Mitchs Gesicht passiert?"

Blakes Griff um ihre Taille lockerte sich und er blickte über seine Schulter. „Schönheitssalon-Challenge. Er hat ein Braut-Make-up abgekriegt."

Gabi wollte über die Dragqueen lachen, die vor ihr stand, doch sie brachte nur ein Lächeln zustande.

Mitch verlangsamte seinen Schritt und blieb einen Meter hinter Blake stehen. „Geht es dir gut, Gab?" In seinen Augen lag ein Mitgefühl, das sie nicht ertragen konnte. Sie wandte ihr Gesicht ab und schmiegte sich an Blakes Schulter, während sie ihre Nase rümpfte, um ihre Tränen zu unterdrücken. So arrogant die Männer von Reckless Beat auch waren, und so gerne sie auch flirteten, nichts ging ihnen über die Frauen, die ihnen am Herzen lagen. Selbst die Singles unter ihnen wussten von der Wichtigkeit jener Frauen, die zu einem Teil ihrer Familie geworden waren.

„Rede mit mir", sprach Blake in ihr Haar. „Sag mir, was los ist, und ich werde es für dich in Ordnung bringen."

Sie schloss die Augen, umarmte ihn fest und liebte ihn mit jedem Atemzug mehr. Aber das hier konnte er nicht in Ordnung bringen. Niemand konnte es.

„Können wir irgendwo hingehen, wo es ruhiger ist?", flüsterte sie.

„Okay." Er griff nach ihrer Hand und ließ seinen anderen Arm sinken. Dann drehte er sich zu Mitch um, womit er sie der Aufmerksamkeit von Mason, Ryan und ihren beiden Bodyguards aussetzte, die ihnen entgegenjoggten.

„Wie nett, dass ihr ohne mich losgelaufen seid", schnaufte Sean und schlurfte mit ausgebeulten Taschen und tiefhängenden Hosen hinter der Gruppe her. „Mit dieser Ladung Scheiße in der Hose kann ich nicht rennen."

Gabis Augen weiteten sich und eine vorbeilaufende Frau mittleren Alters blieb erschrocken stehen.

„Ach, kommen Sie, Lady." Sean sah die beleidigte Fremde finster an. „Ich habe *Scheiße* doch nicht wörtlich gemeint."

Der Mund der Frau klaffte auf, als sie Sean einen abschätzenden Blick zuwarf und dann irritiert weiterging.

„Penny-Challenge", murmelte Blake.

Es brachte sie zum Lächeln, dass Mitch sich so viel Mühe gegeben hatte, Alana einen schönen Abend zu bereiten …, auch wenn Gabi ihn nun ruiniert hatte.

„Alles in Ordnung?", fragte Mason.

„Ja", antwortete Blake für sie. „Gabi und ich werden uns ein ruhiges Plätzchen zum Reden suchen. Vielleicht sehen wir uns später."

Mason nickte und Blake führte sie fort, schlenderte mit ihr um die Ecke des Brunnens und auf den großen Parkplatz des Bellagio-Hotels. Er schwieg, während sie sich an Autos vorbeischlängelten, und wurde schließlich langsamer, als sie ein kleines Fleckchen mit Bäumen und Gras auf der anderen Seite erreichten.

„Hier vielleicht?", fragte er. „Wir können auch zurück in die Suite gehen, wenn dir das lieber ist."

„Nein." Sie schüttelte den Kopf. Sie wollte nicht das Gefühl haben, im Hotelzimmer zu ersticken. Für den Moment war sie froh, in der kühlen Nachtluft zu stehen, auch wenn das starke Verkehrsaufkommen für eine alles andere als ruhige Stimmung sorgte.

Blake lehnte sich an einen der schlanken Bäume, griff nach ihren Hüften und zog ihren Körper an seinen. „Sprich mit mir."

Gabi warf einen Blick über ihre Schulter, weil sie noch ein paar Augenblicke brauchte, um ihre Gedanken zu sammeln, und sah, wie die Männer von Reckless Beat, ihre Bodyguards und jetzt auch Leah und Alana auf der anderen Seite des Parkplatzes standen und sie beobachteten.

Sie stieß einen niedergeschlagenen Seufzer aus.

„Sie machen sich Sorgen um dich", murmelte Blake. „Ich auch."

Sie senkte ihren Blick auf Blakes graues Shirt und nickte. Sie schätzte die Sorge, liebte die Unterstützung, die sie ihr entgegenbrachten, doch nichts linderte die Last auf ihren Schultern. Nichts erleichterte ihre Qualen.

„Warum willst du mich verlassen, Engel?"

Seine aufrichtige Frage war mehr, als sie ertragen konnte, und so ignorierte sie die Emotionen, die sie von innen heraus zu ertränken drohten, und holte tief Luft. „Ich könnte dich niemals verlassen."

„Du hast gesagt, du willst zurück nach Hause."

Sie schüttelte den Kopf. Blake war ihr Zuhause – ihre Stärke. Sie blickte zu ihm auf und wischte sich mit dem Handrücken die Tränen weg, die nun über ihre Wangen rannen. Seine dunklen Iriden waren voller Kummer. Er litt mit ihr und sein Mitgefühl verstärkte ihren Schmerz noch weiter.

„Blake …" Ihre Unterlippe bebte.

Er hob seine Hand, legte sie um ihre Wange und flehte sie mit seinen Augen an, weiterzusprechen.

„Ich –" Wie sollte sie ihm von der Schwangerschaft erzählen? Sie wusste nicht, wo sie anfangen sollte. Konnte sich nicht vorstellen, wie er reagieren würde. Sie hatten kein Baby gewollt. Hatten noch nicht einmal über Kinder gesprochen. Und das war erst der Anfang.

Beim nächsten tiefen Atemzug purzelten ihr die Worte über ihre gefühllosen Lippen. „An dem Tag, an dem du nach Richmond geflogen bist, war ich zum ersten Mal allein, seit ich hierhergezogen bin. Davor ging alles so schnell. Ich war so sehr damit beschäftigt, dich zu lieben und mich an mein neues Leben zu gewöhnen, dass ich mich selbst aus den Augen verloren habe."

Er sah sie stirnrunzelnd an und schloss seine Hände fester um ihre Hüften. Seine Kraft wanderte unter ihre Haut, erreichte aber nicht ihr gebrochenes Herz.

„Ich habe nicht gemerkt, dass ich überfällig war." Sie hielt inne und ließ die Aussage wirken. Als sich sein Stirnrunzeln vertiefte, kniff sie die Augen zusammen und verfluchte es, dass sie die Worte tatsächlich aussprechen musste. „Ich habe herausgefunden, dass ich schwanger bin.“

„Gabi.“

Sie blinzelte bei der Art, wie er ihren Namen hauchte, und stellte fest, dass seine Augen vor Glück leuchteten und sich seine Lippenwinkel zu einem Lächeln verzogen. Die Freude, die von ihm ausging, schwappte wie Wellen auf sie über, überflutete ihr Herz und raubte ihr den Atem. Sie war selbst auch glücklich gewesen, als sie es erfahren hatte. Glücklich und doch verängstigter als je zuvor in ihrem ganzen Leben.

„Nein.“ Sie schüttelte den Kopf und zuckte unter dem Schmerz zusammen, der sich in ihrer Brust aufbaute. „Nicht.“

Jede Heiterkeit verschwand aus seinen Zügen und er griff nach ihrer Hand und drückte sie mit seinen eigenen. „Erzähl es mir.“

Sie umklammerte seine Finger fester und starrte auf seine Hand, wobei sie die schwarze Farbe auf seinen Nägeln betrachtete. Ein weiteres Ergebnis ihres Besuchs in dem Schönheitssalon, vermutete sie. „Ich habe im Telefonbuch nachgeschlagen und einige Anrufe getätigt, um einen Termin bei einem Arzt in der Gegend zu bekommen. Ich wusste nicht, für wen ich mich entscheiden sollte, und bin schließlich zu einem Mann gegangen, der noch am selben Tag einen Termin freihatte“, fuhr sie fort und strich mit der Fingerspitze über seinen glatten Nagellack. „Er hat meine Vermutung bestätigt. Hat mich sogar für ein Blutbild in ein Labor geschickt, um die Woche festzustellen.“

Das Bild des lächelnden Arztes war ihr noch lebhaft in Erinnerung. *„Herzlichen Glückwunsch“, hatte er gesagt. „Sie werden Mutter.“* Die Worte hatten ihr Herz zum Stillstand gebracht und es vor Liebe überlaufen lassen, alles auf einmal.

Blakes Kehlkopf wippte, als er kräftig schluckte. „Sprich weiter“, murmelte er.

Sie straffte ihre Schultern und sah ihm in die Augen. „Siebte Woche.“ Die Worte schnürten ihr die Kehle zu. „Ich war in der siebten Woche und hatte keine Ahnung, dass ich unser Kind austrage."

Verwirrt sah Blake ihr in die Augen.

„Drei Tage später war das Baby weg. Ich hatte eine Fehlgeburt."

Seine Lippen öffneten sich und seine Schultern sackten zusammen. „Oh, Engel." Er zog sie an seine Brust, umschloss sie mit der Wärme seiner Arme und hielt sie fest. „Das tut mir so leid."

Sie stützte sich auf seine Stärke und ließ endlich all den Gefühlen, die sie zurückgehalten hatte, freien Lauf – dem Schmerz, der Einsamkeit, den Schuldgefühlen, dem Kummer. Die Emotionen strömten unter heftigen Schluchzern aus ihr heraus, ihre Tränen befleckten sein Hemd und ihre Hände liefen über seinen Rücken, um ihn nahe bei sich zu halten.

Sie hatte bisher nicht darüber nachgedacht, ein Kind zu bekommen, doch jetzt, wo es fort war, fiel es ihr schwer zu atmen. Drei Tage lang hatte sie sich ihre gesamte Zukunft ausgemalt. Die Farben, in denen sie das Kinderzimmer streichen würden. Den süßen Geruch eines Neugeborenen. Die ersten Schritte ihres Kleinkindes. Ein strahlendes Lächeln und viele liebevolle Umarmungen. All das war gekommen und gegangen – in einem Augenblick. Und jetzt war alles, was davon übrig geblieben war, eine tiefe Traurigkeit, die sie verzehrte.

„Warum hast du mir nichts gesagt?", fragte er. „Ich wäre nach Hause gekommen. Ich wäre so schnell an deiner Seite gewesen, wie der Jet mich hätte zu dir zurückbringen können."

Sie nickte und sog einen flattrigen Atemzug ein. „Ich weiß. Als ich erfuhr, dass ich schwanger bin, wollte ich es dir nicht am Telefon sagen. Ich wollte dein Gesicht sehen. Ich war nicht ganz sicher, ob du es für eine gute Nachricht halten würdest." Sie lehnte sich zurück und betrachtete seine glänzenden Augen. „Wir haben nicht über Kinder gesprochen. Ich musste deine Reaktion sehen. Ich musste sicher sein, dass du mir das nicht verübeln würdest."

„Ich würde dir nie etwas verübeln, Engel." Er strich ihr mit der Hand durch das Haar und wischte die losen Strähnen weg, die an ihren Wangen klebten. „Ich liebe dich", murmelte er gegen ihre Wange. „Ich liebe dich so sehr. Es tut mir leid, dass ich nicht da war, als du mich gebraucht hast." Er badete sie weiter in tröstenden Worten und umarmte sie, bis ihr Schluchzen in ein Wimmern überging und ihr Wimmern schließlich in der Nacht verklang.

Als sie wieder die Kraft hatte, seinen Blick wieder zu erwidern, lag Schmerz darin. In ihrem Herzen kamen Schuldgefühle auf, weil sie die Ursache dafür war. Sie hatte die Nachricht für sich behalten wollen, zumindest bis nach der Hochzeit. Mitch und Alana bedeuteten ihnen beiden sehr viel. Dies mit ihnen zu teilen, während sie im Begriff waren, den Beginn ihrer Ehe zu zelebrieren, war eine Bürde, die Gabi sich nicht auflasten hatte wollen.

„Tief in meinem Inneren wusste ich das, aber mein Verstand war in letzter Zeit nicht zu rationalen Gedanken fähig. Der Arzt sagt, das liegt an den hormonellen Veränderungen in meinem Körper." Sie schmiegte sich wieder an seine Brust und verbarg ihr Gesicht vor seinem Blick. „Und nach der Fehlgeburt hatte ich Angst, du würdest mich nicht mehr wollen." Ihre Augen begannen zu brennen und ein neuer Schwall von Tränen strömte über ihre Wangen.

Sie hatte nicht nur ihr Kind verloren, sondern war auch hysterisch geworden, weil sie dachte, sie würde auch Blake verlieren. Wenn er sich eine große Familie wünschte und ihr Körper nicht in der Lage war, ihm eine solche zu schenken, welchen Nutzen hatte sie dann für ihn?

„Was?" Er packte sie an den Schultern und schob sie sanft zurück, damit sie sich seinem forschen Blick stellen musste.

„Ich bin völlig durch den Wind, Blake. Was, wenn ich kein Kind austragen kann? Die Frauen laufen dir scharenweise hinterher und du würdest mit jemandem festsitzen, der dir keine Babys schenken kann."

Aus diesem Grund sehnte sie sich nach dem Frieden des

australischen Sternenhimmels und der frischen Luft Queens-
lands. Sie war irrational, außer sich vor Trauer und nicht in der
Lage, festzustellen, ob ihre Gedanken berechtigt oder hormonell
bedingt waren.

„Gabi." Er senkte sein Gesicht, sodass sich ihre Nasen-
spitzen berührten. „Du bringst mich um." Seine Kehle zog sich
zusammen, als er stark schluckte, und unter dem glasigen Blick
in seinen Augen wollte sie am liebsten in die Knie gehen. „Bitte
tu dir das nicht an. Kinder sind mir egal. Andere Frauen sind
mir egal. Es gibt nur eine Sache, die ich für den Rest meines
Lebens brauche, und die bist du." Er drückte seine Lippen auf
die ihren und zog sie eng an seine Brust. „Ich brauche nur dich,
Engel."

Kapitel Zehn

MITCH STAND neben Alana und sah zu, wie Gabi in Blakes Armen zusammenbrach. Seine Verlobte erwähnte den Streit, den Kate im Strip-Club verschuldet hatte, doch was sich gerade vor ihnen abspielte, ging weit über die Emotionalität einer Frau hinaus, die wegen früherer Eroberungen verunsichert war.

„Kate und deine Mom haben mir beide getextet", murmelte Leah. „Sie sind gut in ihren Zimmern angekommen."

„Gut." Alana wandte ihren Blick nicht von Gabi ab.

Es ärgerte ihn, dass der Junggesellinnenabschied nicht so verlaufen war, wie er es geplant hatte. Nur schmerzte es ihn noch mehr, seine Verlobte besorgt über die Frau zu sehen, die zu einer ihrer engsten Freundinnen geworden war. Gabi war ein Teil der Reckless-Familie, und wenn einer von ihnen litt, litten sie alle. Nicht, dass Allie derzeit seine Existenz anerkennen würde. Er war sich zu neunundneunzig Prozent sicher, dass ihr Mangel an Körperkontakt und ihre starre Haltung daher rührten, dass sie ihren Zorn über die Art und Weise, in welchem Zustand sich die Jungs befanden, zurückhielt.

„*Scheiße*", brach Mason das Schweigen. „Es ist fünf vor zehn." Ohne Vorwarnung warf der Frontmann von Reckless Beat seine Jacke zu Boden und begann, die Knöpfe seines Hemdes zu öffnen.

„Was zum Teufel machst du da?", fragte Sean.

„Jemand muss noch nackt um den Brunnen laufen. Wir haben weniger als fünf Minuten." Mitch unterdrückte ein Grinsen und schwieg, während Mason hastig seine Schuhe aus und sich die Hose herunterzog.

„Mein Gott", keuchte Leah und wandte Mason den Rücken zu. „Ich bekomme nicht genug bezahlt, um mich mit diesem Mist herumzuschlagen."

„Und ich habe nicht umsonst eine verdammte Augenbraue verloren." Masons Kleidung fiel auf den Bürgersteig und Sekunden später rannte er von ihnen weg, in Richtung Bellagio-Brunnen, nur mit einer Baseballmütze bekleidet.

Die Bodyguards fluchten, warfen sich gegenseitig Blicke zu und starrten dann panisch Masons kleiner werdender Gestalt her.

„Lauft." Mitch nickte in Richtung des Brunnens. „Er wird jeden Schutz brauchen, den er kriegen kann." Der Rest von ihnen konnte sich ohne Personenschutz auf dem Parkplatz aufhalten. Niemand schenkte ihnen Aufmerksamkeit.

„Das muss ich unbedingt filmen." Sean holte sein Handy aus der Tasche und lief ihnen hinterher, wobei die Pennys in seinen Taschen protestierend klimperten.

Mitch schüttelte den Kopf und wandte seinen Blick wieder Blake und Gabi zu. Wahrscheinlich hätte auch er gehen und sie in Ruhe lassen sollen, doch er konnte sich nicht dazu durchringen, sich abzuwenden.

„Ich hätte das vielleicht erwähnen sollen, bevor Mason blankgezogen hat", sagte Leah, ihr Ton frei von Reue. „Aber wir haben nicht alle unsere Aufgaben erfüllt."

„Keine Sorge", gluckste Mitch. „Ich habe auch nicht erwähnt, dass ich mir keinen Schmetterling habe stechen lassen."

„Ja", sagte Ryan achselzuckend. „Und ich habe die Kellnerin wohl doch bezahlt, als ich eigentlich die Zeche hätte prellen sollen."

Mitch brach in Gelächter aus. „Du Idiot. Ich wusste es."

„Ja, er ist der Idiot“, murmelte Alana und wich einen Schritt von ihm zurück.

Sein Lachen verstummte. Seine Verlobte würde ihn erstechen. Er war nur dankbar, dass sie es nicht in der Öffentlichkeit tun würde.

„Warum hast du es nicht selbst gemacht?“, machte Ryan ein langes Gesicht. „Du weißt doch, dass ich ein Softie bin.“

„Genau aus diesem Grund. Ich wollte auch nicht gehen, ohne zu bezahlen.“

Ihr Lachen verhallte in einer unangenehmen Stille und lange Momente vergingen, während sie Blake und Gabi auf der anderen Seite des Parkplatzes zusahen.

„Ich fühle mich hilflos“, murmelte Alana.

„Es könnte nichts sein“, versuchte Leah, sie zu beschwichtigen. „Gabi hat zu viel getrunken. Verdammt, das haben wir alle. Ich kann immer noch nicht richtig laufen. Und Blake war eine ganze Woche weg. Vielleicht hat sie ihn einfach vermisst.“

Alana schüttelte den Kopf. „Nein. Gabi ist nicht so.“

Mitch legte eine Hand auf ihre Schulter als wortlose Unterstützung. Sie schüttelte die Berührung jedoch ab, bis seine Hand wieder an seine Seite fiel. Nicht gut. Ganz und gar nicht gut. Er beschloss, die drohende Gefahr eines Streits zu ignorieren, und hoffte mit beschwipstem Optimismus, dass sich ihre nur mühevoll unterdrückte Wut legen würde, bis sie ihre Suite erreichten. „Blake würde sie auch nicht wegen einer Belanglosigkeit so stark trösten. Sie sehen beide aufgewühlt aus. Ich vermute, dass etwas Großes passiert ist.“

„Was zum Beispiel?“, fragte Leah.

Mitch zuckte mit den Schultern. Das war der schlimmste Teil. Selbst in seinem beschwipsten Zustand konnte er den Ernst der Lage spüren. Nur hatte er keine Ahnung, worum es ging. „Ich bin mir nicht sicher. Wir müssen wohl abwarten.“

* * *

Gabis Wärme verflog von Blakes Körper, als sie sich aus seiner Umarmung löste. Er griff nach ihrer Hand, sehnte sich immer noch nach ihrer Berührung, und verschränkte ihre Finger miteinander. Die Nachricht hatte ihn eiskalt erwischt. Er hatte sie nicht kommen sehen. Hätte er tausendmal geraten, er wäre nicht einmal annähernd darauf gekommen.

Schwanger.

Fehlgeburt.

Bei diesen Worten wurde ihm der Mund trocken. Und sie hatte das alles allein durchgestanden. Er hatte nicht einmal in ihren Telefonaten bemerkt, dass sich etwas verändert hatte. Was für ein Verlobter war er?

Gabi hörte ein Geräusch auf dem Weg, der zum Parkplatz führte, und drehte sich danach um. Er folgte ihrem Blick und entdeckte Sean, der mit einem breiten Grinsen im Gesicht auf Mitch, Alana, Leah und Ryan zustürmte.

Im nächsten Moment sprintete Mason ins Bild, nackt, seine Hände über seinen Kronjuwelen. Das Einzige, was seine Identität verbarg, war eine Baseballkappe. Die Bodyguards folgten dicht dahinter und kamen bei der Gruppe zum Stehen, während Mason in Windeseile seine Sachen vom Boden aufsammelte und weiterlief, um sich zwischen zwei geparkten Geländewagen zu verstecken.

„Bitte sag mir, dass ich nicht gerade Masons Arsch gesehen habe", sagte Gabi und hob ihr Kinn an, um seinem Blick zu begegnen.

Blake rümpfte die Nase. „Das habe ich jetzt auch nicht gebraucht."

Sie stieß ein Lachen aus, das sein Herz erwärmte, und sah ihm in die Augen. „Das Leben ist nie langweilig, wenn ich mit dir zusammen bin."

Er schenkte ihr ein entschuldigendes Lächeln. Ausnahmsweise hasste er den Trubel in seinem Leben. Jedes Mal, wenn etwas vorfiel, traf es Gabi am schlimmsten. „Bist du bereit, mit den anderen zu reden?"

Sie wandte sich wieder seinen Freunden zu und legte ihre

Stirn besorgt in Falten. „Müssen wir das jetzt gleich machen?"

„Nein, Engel." Er drückte ihre Finger und wünschte sich sehnlichst, er könnte ihr den Schmerz nehmen. „Wir können es tun, wann immer du bereit bist, aber sie werden sich so lange Sorgen machen, bis sie herausfinden, was los ist."

Gabi atmete tief ein und langsam wieder aus. „Okay. Dann bringen wir es hinter uns."

Er starrte sie an, hilflos, völlig verloren. Dann schluckte er sein Selbstmitleid hinunter, führte sie vorwärts und trat von dem weichen Gras auf den Asphalt.

„Warte." Sie blieb stehen.

Er drängte sie nicht, sondern legte einfach seine Hand in ihren Nacken und küsste ihre Schläfe, atmete ihren Duft ein und beruhigte sie mit seiner Liebe. „Wir müssen es nicht jetzt gleich tun. Wir können auch zurück in unser Zimmer gehen. Ich rufe Mitch später an."

„Nein. Ich will es hinter mich bringen. Ich bringe nur die Worte nicht über die Lippen." Flehend sah sie zu ihm auf, die Haut um ihre Augen geschwollen und gerötet. „Kannst du es ihnen sagen?"

„Natürlich." Das war das Mindeste, was er tun konnte. Er fuhr mit einem Finger an ihrem Kiefer entlang und hob ihr Kinn an, sodass sich ihre Blicke trafen. Seine Lippen näherten sich und küssten die trocknenden Tränen von ihren Wangen. „Ich tue alles, was du brauchst, mein Engel."

Sie gingen gemeinsam los, seine Beine waren schwer, sein Herz wie ausgehöhlt. Er ignorierte Mason, der wachsam zwischen den Autos hervorlugte, bevor er ihnen zu den anderen folgte. Blakes Gedanken waren durcheinander und seine Gefühle wechselten zwischen der Verzweiflung darüber, nicht bei Gabi gewesen zu sein, als sie ihn gebraucht hatte, und dem Schmerz über den Verlust eines Kindes.

Ihres Kindes.

Eines winzigen Babys.

Verflucht. Er konnte es immer noch nicht fassen.

Vor wenigen Monaten noch war er selbst von Freunden

umgeben, aber dennoch in seiner eigenen Einsamkeit verloren gewesen. Er war niemals vollständig gewesen, bis er Gabi getroffen hatte. Und ohne es zu wissen, hatten sie beinahe eine Familie gegründet. Er biss die Zähne zusammen und atmete durch die Nase, bis das Brennen in seinen Augen nachließ. Nun lag es an ihm, stark zu sein. Der Moment, auf den er gewartet hatte, war gekommen – ein Fels in der Brandung für die Frau zu sein, die ihm bisher immer Stärke verliehen hatte. Er hob sein Kinn, ignorierte seine eigenen egoistischen Gefühle und stellte sich vor die anderen Bandmitglieder.

„Alles in Ordnung?", fragte Alana mit sanfter Stimme.

Blake sah Gabi an, um sicherzugehen, dass sie weitermachen wollte. Sie lächelte traurig, nickte und wandte ihren Blick dann ab, um sich auf ihre Schuhe zu konzentrieren.

„Nicht wirklich." Er begegnete Alanas Blick und räusperte sich, um die Emotionen zu verdrängen, die ihn zu ersticken versuchten. „Gabi hatte eine Fehlgeburt."

Leah keuchte auf. Alana bedeckte ihren Mund mit einer Hand und mehr als eine Person fluchte. Viele Herzschläge lang stand die verunstaltete Gruppe sprachlos da, nur das brummende Hintergrundrauschen des Verkehrs und entferntes Gerede erfüllten die Leere.

„Es tut mir so leid." Leah trat vor und zog Gabi in ihre Arme.

Blake ließ seine Hand an seine Seite fallen und vermisste sofort die Berührung ihrer Finger an seinen. Er beobachtete, wie Leah seine Verlobte umarmte, ihr Worte ins Ohr flüsterte und ihre Wange küsste. Als sie zurücktrat, sah sie ihn mit besorgtem Blick an. „Wenn ihr etwas braucht, sagt es bitte."

Blake nickte nur abgehackt. Er brauchte nichts, außer Gabis Glück, und das würde nur die Zeit ihm zurückbringen. Alana kam näher, um sie zu trösten. Gabi blieb stark und verbarg ihren Schmerz hinter dem traurigen Lächeln, das sie nur zu gut einzusetzen gelernt hatte. Während sich die Frauen mit gedämpften Stimmen unterhielten, ging Mitch auf Blake zu und bereitete sich auf eine Umarmung unter Männern vor. Blake wich zurück und hob seine Handflächen, um seinen Freund zu bremsen. Im Moment konnte er kein Mitgefühl ertragen, konnte die ganze Gefühlsduselei nicht über sich ergehen lassen. „Alles okay."

Mitch musterte ihn lange Zeit, was ihm unter die Haut ging und seinen Puls steigen ließ. Dann legte er schließlich den Kopf schief. „Sag es, wenn du reden willst."

Blake blieb wie erstarrt stehen und war dankbar für die Gnadenfrist, als Mitch dazu überging, Gabi zu umarmen. „Wir sind alle für dich da", sagte er so laut, dass Blake es hören konnte. „Was immer du brauchst, okay?"

Gabi nickte und lehnte sich zurück, um den Leadgitarristen anzustarren. „Was ist mit deinem Gesicht passiert?"

Ihr Tonfall enthielt einen Hauch von Belustigung, der half, den Schmerz in Blakes Brust zu lindern. Diese Frau war so viel stärker als er selbst. Selbst in ihrer Traurigkeit verloren, konnte sie noch Momente des Glücks finden.

Mitch klimperte mit seinen falschen Wimpern und schürzte seine rot glänzenden Lippen. „Gefällt es dir?"

Sie kicherte, zwar nur halbherzig und angestrengt, aber es war immer noch ein Lachen, das Blakes Seele zu wärmen vermochte. Er bemerkte, wie sich seine Freunde entspannten. Ihre Körperhaltung war nicht mehr ganz so steif und unbeholfen. Keiner von ihnen war an Frauenprobleme gewöhnt. Verdammt, keiner von ihnen war es gewöhnt, überhaupt länger mit einer Frau zusammen zu sein. Alana und Gabi in ihren Kreis aufzunehmen, hatte für sie alle im letzten Jahr eine steile Lernkurve mit sich gebracht.

„Es ist anders", antwortete sie und lächelte. „Vielleicht ist knallrot nicht deine Farbe."

Mitch stieß ein Lachen aus und drückte Gabi einen schnellen Kuss auf die Stirn. „Das nächste Mal nehme ich einen helleren Farbton."

„Geh mir aus dem Weg, Frau." Mason schob Mitch beiseite. „Jetzt bin ich dran."

Mitch stolperte rückwärts, wich aus und machte Mason

Platz, damit dieser sich vor Gabi stellen konnte. „Wie geht es dir, Süße?"

Gabi zuckte mit den Schultern. „Es wird schon wieder."

Sie war eine Kämpferin. Es musste an ihrem australischen Blut liegen, denn Blake war ganz eindeutig nicht so stark.

„Ich hatte keine Ahnung, dass ihr versucht habt, ein Baby zu machen." Mason trat an sie heran und schlang seine Arme um ihre Schultern.

„Haben wir nicht."

Blake wollte den schmerzhaften Ausdruck lindern, der über das Gesicht seiner Verlobten huschte. „Sie erfuhr von der Schwangerschaft, während ich in Richmond war. Und hatte ein paar Tage später eine Fehlgeburt. Sie wollte es mir nicht am Telefon sagen."

„Scheiße", murmelte Mason. „Und du warst nur meinetwegen in Richmond. Oh Gott. Es tut mir so leid."

„Niemand trägt Schuld daran", flüsterte Gabi.

„Bitte, Gab", setzte Mason an und sah dann zu Blake. „Und du auch, B. Ich wirke vielleicht nicht wie der fürsorgliche Typ, aber ich habe zwei starke Schultern, wenn ihr jemanden zum Anlehnen braucht."

Blake konnte nicht antworten. Er war sprachlos. Stattdessen konzentrierte er sich auf die losen Steine auf dem Asphalt des Parkplatzes, die er nun mit seinem Stiefel umherzukicken begann. Er musste mit Gabi allein sein. Er musste etwas tun, *irgendetwas*, um die Schwere, die ihn hinunterzog, abzubeuteln.

„Bitte bring mich nicht wieder zum Weinen", wimmerte Gabi. „Und was ist mit deinem Gesicht passiert?"

Blake nahm das verhaltene Lächeln wahr, das jetzt Gabis Lippen umspielte.

Die sanfte Güte verschwand aus Masons Zügen und ein Stirnrunzeln trat an ihre Stelle: „Frag Sean", murmelte er und trat zurück in die Gruppe von Freunden.

Gabi rutschte seitwärts und lehnte sich an Blake. „Was ist mit seiner Augenbraue passiert?", flüsterte sie kaum hörbar.

„Erzähle ich dir später."

Sean war der Nächste und Gabi klappte der Mund auf. Mason hatte einigen Schaden angerichtet – eine dicke Lippe, ein geschwollenes Auge, und der Bluterguss um Seans Kiefer wurde von Minute zu Minute dunkler.

Gabi schüttelte den Kopf. „Ich werde gar nicht erst fragen, okay?"

„Gute Entscheidung." Er zog sie in seine Arme. „Dein Verlust tut mir so leid."

„Danke."

Sean ließ sie los und nun war es Ryan, der auf sie zukam. „Ja, ich bin orange", platzte er heraus. „Hoffen wir, dass es sich abwaschen lässt." Gabi gluckste und trat in seine geöffneten Arme, wobei sie ihren Kopf an seine Schulter lehnte. „Ich bin untröstlich für euch beide", murmelte er in ihr Haar. „Wenn ihr etwas braucht, wisst ihr, dass wir alle für euch da sind."

Ryan ließ sie los und erlaubte Blake, seine Hand um ihre Taille zu legen und sie wieder an seine Seite zu ziehen. Ein leises Murmeln breitete sich in der Gruppe aus, der Spaß des Abends mit einem Mal verflogen. Blake rieb sich das Brustbein und versuchte, das Pochen unter seinen Rippen zu lindern, während Gabis Bitte von vorhin in einer Dauerschleife in seinem Kopf ablief. Ihr Instinkt war es gewesen, nach Hause zu fliegen und ihn zurückzulassen, und das tat fast so weh, wie ihre Trauer mitanzusehen.

Er wollte nicht, dass sie anderswo Trost fand. Er musste für sie stark sein. Er wollte alles sein, was sie in ihrem Leben brauchte, so wie sie es für ihn war.

„Was ist los?" Gabi hob ihr Gesicht, um ihn anzusehen, der Blick in ihren blauen Augen traurig und doch unverwüstlich.

„Ich muss etwas tun", sagte er zu sich selbst. Er musste etwas bewirken, den Heilungsprozess einleiten und ihre Beziehung stärken. Vor allem aber musste er sich seine Liebe zu ihr vor Augen führen, um nicht vor seinen Freunden zusammenzubrechen.

„Was meinst du damit?"

Er starrte in die Ferne, während er in seinem Kopf ein paar

Ideen durchspielte. Der Gedanke, sie zu verlieren, zermürbte ihn. Er war nicht für sie da gewesen, nicht für ihr gemeinsames Kind. Er war verreist gewesen, was in Zukunft noch öfter der Fall sein würde, wegen der Tourneen und ihrer Promo-Verpflichtungen. Sie hatte für ihre Liebe schon zu sehr gelitten. Erst Michelle und seine eigene Dummheit, und jetzt das. Sie hatte ihr Land, ihren Job und ihre Familie aufgegeben, und nichts würde seine Dankbarkeit jemals angemessen ausdrücken. Aber trotzdem musste er etwas tun. Er zerbrach sich den Kopf nach einer Geste, die bekräftigte, wie viel sie ihm bedeutete.

Er musste ihr einen Ring an den Finger stecken.

„Heirate mich, Engel", murmelte er und drehte sich zu ihr.

Sie wich zurück und sah ihn fragend an.

„Ich will nicht warten", fuhr er fort, denn er wusste, dass die Monate, die es dauern würde, eine richtige Hochzeit zu planen, zu lange wären. Er wollte einen weiteren Ring an ihren Finger stecken. Wollte ihr Zugeständnis zu ihrer Beziehung in seinem Herzen spüren können. „Ich möchte, dass du meine Frau wirst. Jetzt. Heute Nacht."

„Warum?" Ihren Worten fehlte es an Aufregung, ihrem Blick an Enthusiasmus. „Warum genau jetzt?"

Er umfasste ihre Hüften und versuchte, ihr nicht noch mehr Probleme aufzubürden, indem er ihr zeigte, wie sehr er dieses Symbol brauchte. „Weil ich nicht will, dass du denkst, mich zu verlassen sei eine Option. Ich will nicht, dass du dich für Unterstützung jemals an jemand anderen wendest. Lass mich dir zeigen, wie sehr ich dich liebe. Wie sehr ich dich brauche. Ich versuche nicht, dir den Schmerz zu nehmen. Nichts kann jemals wiedergutmachen, was du verloren hast –"

„Was *wir* verloren haben, Blake."

Er nickte. „Ja." Sie hatten beide ein Kind verloren, aber er hatte das Gefühl, dass es eine Last war, die sie allein trug. Er wusste nicht, wie er um etwas trauern sollte, das er nie besessen hatte. Er wusste nicht, ob die quälende Trauer, die über ihn hereinbrach, eine Überreaktion auf den Gedanken war, dass ein

Baby sein Leben innerhalb weniger Minuten betreten und wieder verlassen hatte. Er wusste nur, dass es verdammt wehtat, und es war bestimmt nichts im Vergleich zu dem, was Gabi durchmachen musste.

„Was wir verloren haben", wiederholte er. „Ich will nur, dass du zu mir gehörst. Und ich soll zu dir gehören."

Sie starrte ihn weiter an und langsam begann die Stille um sie herum zu ihr durchdringen. Er brach den Blickkontakt für einen Moment ab und bemerkte, dass all ihre Freunde sie gebannt anstarrten und auf eine Antwort warteten.

Seine Augen begannen zu brennen und er drückte sie zusammen, ließ eine Hand von Gabis Taille fallen und rieb sie sich mit Daumen und Zeigefinger. Er sog einen Atemzug ein und stieß ihn zittrig wieder aus. *Fuck.* Er war so ein Schwächling. Er musste sich verdammt noch mal zusammenreißen. Nur trieb es ihn in den Wahnsinn, Gabi so zu sehen.

„Blake?" Gabis Hände legten sich auf seine Brust und die Wärme ihrer Handflächen berührte sein Herz.

Er öffnete die Augen und hätte jeden Cent dafür gegeben, das Glück in ihren wunderschönen Augen zu sehen. „Bitte sieh mich nicht so an", flehte er. „Wenn diese Penner mich weinen sehen, halten sie mir das ewig vor."

Es war eine Lüge. Die Jungs wussten es besser, als ihn wegen so etwas aufzuziehen. Gabi zum Lächeln zu bringen, war sein Ziel gewesen. Und zum Glück hatte es funktioniert.

„Du würdest meinetwegen weinen, Blake?"

Ihre Worte waren nicht ernst gemeint und dennoch hatten sie den gegenteiligen Effekt und zogen das eiserne Band um seinen Brustkorb noch fester zusammen. „Ich würde heulen wie ein Schlosshund, wenn es dich glücklich machen würde."

Gabis Blick glitt über sein Gesicht, hin und her, las ihn, drang tief in seine Seele ein. „Du machst mich immer glücklich."

Er nahm ihr Kinn in seine Hände und beugte sich vor, sodass sich ihre Atemzüge vermischten. „Dann heirate mich. Werde meine Frau."

Kapitel Elf

GABI POSITIONIERTE sich vor der Tür, die in den Gang der Kapelle in Las Vegas führte. Ihr Herz pochte wild und ihr war ein wenig schwindlig, als sie sich an den bunten Blumenstrauß klammerte, den Alana auf dem Weg hierher gekauft hatte.

Erst wenige Stunden zuvor war sie am Boden zerstört gewesen, unsicher, was die Zukunft bringen würde, sobald sie Blake von dem Baby erzählte. Würde er wütend sein, dass sie schwanger geworden war? Würde er sich Sorgen machen, dass sie ihm danach keine Familie mehr schenken könnte? Sie war jedenfalls besorgt darüber. Aber nein, er hatte sie in seine Arme gezogen und ihr seine Liebe und Hingabe bekräftigt. Hatte sie mit seinem Mitgefühl gestärkt.

Sie hätte wissen müssen, dass er genau das tun würde. Und obwohl der Schmerz nicht nachgelassen hatte, hatte er ihr den Kopf frei gemacht und ihr geholfen, ihre hormonell bedingten Unsicherheiten zu überwinden und gleichzeitig ihr Leid zu teilen. Der Kummer über den Verlust eines Babys, das sie gerade erst empfangen hatte, war schwer zu erklären. Sie war nicht mit dem Gefühl gesegnet gewesen, ihr Kind in sich strampeln zu spüren, oder mit den verschwommenen Bildern eines Ultraschalls. Sie hatte nichts Handfestes besessen, was sie verlieren konnte, und doch hatte die Vorstellung von diesem Baby ausgereicht, um sie innerlich in Stücke zu reißen.

Blake schien das zu verstehen und keine Worte konnten ihre Dankbarkeit ausdrücken. Er vervollständigte sie, machte die Not in ihrem Leben erträglich, verwandelte den Schmerz in Liebe und die Liebe in etwas, das über Worte hinausging. Ihn zu heiraten war genau das, was sie tun wollte, und nicht einmal die Tatsache, dass ihre Eltern diesen besonderen Anlass verpassen würden, konnte sie dazu bringen, ihre Entscheidung anzuzweifeln.

Sobald sie zugestimmt hatte, waren sie zum Standesamt gefahren, hatten die nötigen Formulare ausgefüllt und mit Leahs Hilfe eine Hochzeitskapelle aufgetrieben, die um Mitternacht noch geöffnet hatte.

Abgesehen von ihren Lieben zu Hause war Gabi ausschließlich von Menschen umgeben, die ihre engsten Freunde geworden waren – ihre zweite Familie. Leah, Alana und Mitch saßen in der ersten Bank auf der linken Seite des Ganges, während Sean, Mason und Ryan auf der rechten Seite Platz genommen hatten. Die zwei Bodyguards warteten im Foyer.

Bis zu diesem Moment war ihr Leben mit Blake hektisch gewesen, eine Achterbahnfahrt der Gefühle. Doch genau hier, genau jetzt, war alles ruhig, entspannt, eine fast schon unheimliche Ruhe, die ihr nun eine unerschütterliche Sicherheit verlieh, den Mann ihrer Träume zu heiraten.

Blake stand aufrecht vorne in der Kapelle, mit geraden Schultern und einem breiten, liebevollen Lächeln im Gesicht, während er mit seinen Freunden plauderte. Er sah hinreißend aus. Das würde er immer tun und wenn sie heute Abend diesen Ort verließen, würde er für immer zu ihr gehören. Das wusste sie jetzt. Egal, wie viele Frauen versuchten, ihn zu verführen, oder wie oft sie sich stritten, Blake würde ihr immer treu bleiben.

Ihr eigenes Lächeln wurde noch breiter, als sie immer wieder still und heimlich zu ihm hinübersah. Sie bewunderte alles, was ihr Mann ihr zu bieten hatte – sein Mitgefühl, die Art und

Weise, wie sein stacheliges, rabenschwarzes Haar in teils amüsanten Winkeln von seinem Kopf abstand, das Grinsen, das ihr Höschen zum Schmelzen brachte, und vor allem seine Liebe. Dann wandte er sich ihr mit seinem Körper zu und sie versteifte sich.

Sie konnte ihren Blick nicht von ihm abwenden. Sie würde es niemals können. Selbst, wenn sie hundertfünf Jahre alt werden würde, wäre ihr Leben mit diesem Mann immer noch nicht lang genug. Niemals lang genug, um im Bann seiner dunklen Iriden zu stehen oder sich die Muster seiner wunderschön tätowierten Haut einzuprägen.

Er war für sie geschaffen.

Sie machte den ersten Schritt in die Kapelle hinein, dann noch einen, und brachte sich selbst ihrem Lebensglück näher. Jeder Schritt brachte sie ein wenig näher an den einzigen Mann heran, der ihr jemals wahre Liebe schenken würde. Um sie herum herrschte Stille und die Blicke ihrer Freunde holten sie in die Gegenwart zurück, aber sie zögerte nicht und wandte ihren eigenen Blick niemals von Blake und der Bewunderung in seinen Augen ab.

Als sie das Ende des Ganges erreichte, hielt er ihr die Hand hin und nahm sie mit einem anerkennenden Blick in Empfang. Ohne zu zögern, verwebte sie ihre Finger miteinander und ließ ihren Strauß in ihrer freien Hand hinabhängen. Sie konnte die Liebe spüren, die von ihm ausging, als er seinen Arm um ihre Taille schlang und sie so nahe an sich zog, dass sie sich an der Brust berührten.

„Du siehst umwerfend aus", murmelte er. Sein Mund fand den ihren für den flüchtigsten Kuss, bevor er sich zurückzog und sie wieder ansah.

„Danke." Das trägerlose Kleid war eine weitere Anschaffung, die Alana auf dem Weg zur Kapelle getätigt hatte. Das Oberteil war ein zartes Korsett, bestickt mit Kristallperlen und glitzernden Fäden, und ein weißer Satinstoff fiel wie flüssige Wolken von ihrer Taille herab. Schlicht und doch elegant. Um ihren Hals trug sie jene Halskette aus Weißgold, die Blake ihr zum Geburtstag geschenkt hatte, und deren Anhänger sie ständig an ihre Verbindung erinnerten. Und an den Füßen trug sie die roten Stilettos, die sie für die Junggesellinnenparty angezogen hatte. Sie passten nicht im Geringsten zu ihrem Outfit, aber das war ihr egal. Bei dieser Zeremonie ging es um Liebe und ein Versprechen für immer. Stil spielte keine Rolle, schon gar nicht, wenn man Masons einzelne Augenbraue, den mit Braut-Make-up überschminkten Mitch, Ryans orangefarbenes Strahlen und Seans aufgeschlagenes Gesicht mit auf die Rechnung setzte.

„Sind Sie bereit?" Eine Stimme ertönte hinter Blake.

Gabi warf einen Blick über seine Schulter und entdeckte einen Mann mittleren Alters, der auf sie wartete, sein Lächeln herzlich und freundlich.

„Ich bin seit Jahren bereit", antwortete Blake, der es immer noch schaffte, ihren Körper von Kopf bis Fuß zum Kribbeln zu bringen.

„Okay, dann wollen wir Sie beide jetzt vermählen."

Blake starrte Gabi an und hörte nur vage die Worte der Hochzeitszeremonie durch sein Bewusstsein driften. Die offiziellen Worte waren ihm egal, sie bedeuteten ihm nichts. Sie waren nicht geeignet, die Gefühle zu beschreiben, die er für die makellose Frau hegte, die nun neben ihm stand. Sie waren lediglich die notwendigen Sätze, um sie zu Mann und Frau zu machen. Und *das* war es, was sie beide brauchten.

„Möchten Sie Ihre eigenen Gelübde sprechen?", flüsterte der Mann.

Blake grinste, als Gabis Augen sich weiteten, und er hob sein Kinn. „Ich will es tun."

„Aber …" Gabi rang nach Worten, während sie von Blake zu dem Standesbeamten und wieder zurückblickte. „Ich habe keines vorbereitet."

„Mach dir keine Sorgen, Engel." Er führte ihre ineinander

verschränkten Finger an seine Lippen und küsste ihre Knöchel. „Du kannst auch das traditionelle Eheversprechen nehmen."

Sie wirkte ein wenig besorgt, nickte aber schließlich verhalten. „Okay."

„Großartig. Ich mache den Anfang, Mr. Kennedy. Bitte sprechen Sie mir nach: Ich, Blake Kennedy, nehme dich, Gabrielle Smith, zu meiner Frau."

Blakes Wangen hoben sich und sein Herz schlug den größten Salto seines Lebens. Noch vor einem Jahr, zur Hölle, vor ein paar Monaten, hätte er nicht gedacht, dass er einmal der glücklichste Mann der Welt sein würde, in einer zwielichtigen Kapelle in Las Vegas zu stehen und die einzige Frau anzulächeln, die er jemals lieben würde.

„Ich, Blake Kennedy, nehme dich, Gabrielle Smith, zu meiner Frau." Er atmete ein und füllte seine Lungen mit dem süßen Blütenduft ihres Haares. Gott, wie sehr er diesen Duft anbetete. Gott, wie sehr er sie anbetete. „Ich kannte kein Glück, bis ich dich fand. Ich wusste nicht, was Liebe ist, bis deine Lippen meine berührten. Und ich will von nun an keinen Tag meines Lebens ohne dich verbringen. Du bedeutest mir alles. *Alles*, Gabi."

Ein weibliches Schniefen kam von der ersten Kirchenbank. Er ignorierte es, gestärkt durch die Art, wie sein Engel ihn anstrahlte. „Ich verspreche, dass ich bei dem Versuch sterben werde, dich so glücklich zu machen, wie du mich gemacht hast."

„Du machst mich glücklich", flüsterte sie.

Kurz war es still, bevor der Beamte sprach: „Wenn Sie mir bitte nachsprechen, Gabi. Ich, Gabrielle Smith, nehme dich, Blake Kennedy, zu meinem Ehemann."

Gabi drückte Blakes Hand und holte zitternd Luft. „Ich, Gabrielle Smith, nehme dich, Blake Kennedy, zu meinem Ehemann."

„Um die guten und die schweren Zeiten Seite an Seite mit dir zu teilen", so der Beamte weiter.

Gabi sah den Mann an, dann wieder zu Blake. „Nein." Sie

schüttelte den Kopf und Blakes Knie wurden weich. *Wollte sie schon jetzt einen Rückzieher machen?*

„Ich will auch mein eigenes Gelübde sprechen."

„Scheiße, Gabi", murmelte Blake. „Jag mir doch nicht so einen Schrecken ein."

Ihre Lippen verbreiterten sich zu einem schillernden, strahlend schönen Lächeln.

„Blake, du bist meine Stärke, mein Frieden, mein Ein und Alles. Und auch wenn ich es bedaure, dass ich bis vor zwei Minuten nicht über mein Eheversprechen nachgedacht habe, sollst du wissen, dass du mir alles auf der Welt bedeutest. Ich kann mir nicht vorstellen, jemals ohne dein Grinsen aufzuwachen, das meinen Tag erhellt. Du vervollständigst mein Leben. Du vervollständigst mich und ich verspreche, dich nie als selbstverständlich anzusehen."

Sie warf einen Blick über ihre Schulter, lächelte ihren Freunden zu und drehte sich dann wieder zu ihm zurück, ihre Augen glasig von den Tränen, die sich darin bildeten. „Du hast mir eine neue Familie geschenkt, und eines Tages –", sie zögerte und ihr Lächeln schwand, als ihre Unterlippe zu beben begann. „Und eines Tages", hauchte sie und straffte ihre Schultern, „hoffe ich, dass wir eine eigene Familie gründen können."

Oh Gott. Ein Messer bohrte sich in seine Brust, hart und unnachgiebig. Er hatte ein hartes Leben gehabt – beschissene Eltern, Armut, Drogensucht –, doch nichts war schwerer zu ertragen, als Gabi leiden zu sehen. Er umschloss ihre Taille mit seiner freien Hand und scherte sich einen Dreck darum, dass er ihr Bouquet zerquetschte, als er sie an seinen Körper zog. Sie vergrub sich in seinen Armen, ihre Wange ruhte an seiner Schulter.

Der Beamte räusperte sich und Blake begegnete seinem fragenden Blick. „Möchten Sie, dass ich Sie einen Moment allein lasse?"

„Nein." Gabi schüttelte den Kopf. „Bitte fahren Sie fort."

„Wer hat die Ringe?"

„Ich", antwortete Blake, holte sie aus seiner Tasche und hielt sie in seiner Handfläche. Gabi zog sich ein wenig zurück und lächelte, als sie nach dem Weißgoldring griff, den er für sich selbst ausgesucht hatte. Sie waren nur vorübergehende Symbole, die zusammen weniger als einen Tausender gekostet hatten und bei Weitem nicht gut genug waren, um Gabis Hand zu schmücken. Aber für heute Abend würden sie ausreichen.

„Blake, während Sie Gabi den Ring an den Finger stecken, sprechen Sie mir bitte nach."

Blake nahm ihre weiche Hand in seine und positionierte ihren Ring an der Spitze ihres zitternden Ringfingers. Zum ersten Mal seit einer Stunde klopfte sein Herz aus einem anderen Grund als aus Schmerz. Ihr Lächeln, jenes, das so frei und sorglos war, breitete sich jetzt auf ihrem Gesicht aus, und er grinste sie ungläubig an. Diese Frau, diese perfekte, anbetungswürdige, willensstarke, herzensgute und besonnene Frau, würde gleich seine Ehefrau sein. Für den Rest ihres gemeinsamen Lebens.

„Ich gebe dir diesen Ring als Symbol meiner Liebe und Hingabe", erklärte der Beamte.

Blake räusperte sich und blickte Gabi in die Augen, als er die Worte wiederholte. „Ich gebe dir diesen Ring als Symbol meiner Liebe und Hingabe." Er steckte ihr den Ring an den Finger und war dankbar dafür, dass er perfekt saß. „Ich werde dir immer treu sein. Ich werde deine Bedürfnisse immer über meine stellen, und ich werde nie aufhören, dich zu lieben."

„Meine Güte, da lässt sich aber jemand mitreißen", unterbrach Mason.

Blake schüttelte lachend den Kopf und von den vorderen Kirchenbänken hallte ein Kichern wider. Er konnte nicht anders, als sich mitreißen zu lassen. Er wollte, dass Gabi wusste, wieviel sie ihm bedeutete, auch wenn keine Worte der Welt es jemals ausreichend würden ausdrücken können.

„Ich finde es süß", murmelte Gabi.

„Sie sind dran, Gabi. Bitte sprechen Sie mir nach."

Sie tat, was Blake getan hatte, indem sie seinen Ring an die Spitze seines Fingers hielt, jedoch nicht auf den Beamten wartete, bevor sie die Worte sprach. „Ich gebe dir diesen Ring als Symbol meiner Liebe und Hingabe."

Sein Magen zog sich zusammen, schlug Purzelbäume, verkrampfte sich sogar, als sie den Ring an seinen Platz schob und sie damit zu Mann und Frau machte.

„Nichts wird jemals zwischen uns stehen", fuhr sie fort.

Blake nahm ihre Hand und drückte sie fest, während er sie anlächelte und ungeduldig darauf wartete, dass der Beamte die verbleibenden Worte sprach. Er wollte sie von hier weg und in sein Bett bringen. Diesmal jedoch nicht, um Liebe mit ihr zu machen. Sie hatte ihm gesagt, dass Intimität für eine Weile nicht möglich sein würde, aber er musste sie halten, ihre Beine ineinander verschlingen, ihr in die Augen sehen und mit den Händen durch ihr glattes Haar fahren.

„Blake und Gabrielle, die Ehe ist das Fassen der Hände, das Beugen der Herzen und die Vereinigung zweier Leben zu einem. Diese Ehe wird aufrechterhalten, nicht durch die Autorität des Staates und auch nicht durch die Worte des Standesbeamten, sondern durch die Stärke eurer Liebe und die Kraft eures Glaubens aneinander. Möge eure Ehe von Liebe und Glück erfüllt sein, und euer gemeinsames Leben von Geduld, Toleranz und Verständnis."

Gabis Lächeln wurde breiter, hob ihre Wangen und ließ ihre Augen erstrahlen. Sie umklammerte seine Hand und drückte seine Finger fest, während sie sich auf die Lippe biss.

„Meine Damen und Herren, Gabrielle und Blake haben vor uns allen erklärt, dass sie im Verband der Ehe zusammenleben werden. Sie haben einander besondere Versprechen gegeben und ihren Willen symbolisiert, indem sie sich die Hände gereicht, ihre Gelübde abgelegt und die Ringe ausgetauscht haben. Daher erkläre ich hiermit Blake und Gabrielle zu Mann und Frau. Seid ihr bereit für euren ersten Kuss als Ehepaar?"

Blakes Handflächen begannen zu schwitzen.

„Wir haben es tatsächlich getan", verkündete Gabi und löste ihre Finger aus seinem Griff, um die Vorderseite seines Hemdes zu umklammern. Sie zog ihn an sich und grinste, wenn auch eine einzelne Träne über ihre Wange kullerte.

Er lachte hell auf, presste seine Lippen auf die ihren und versuchte, ihrer Seele mit seinem Kuss neues Leben einzuhauchen. Dann packte er sie an den Hüften, hob sie vom Boden und vergötterte weiter ihre Lippen, während er sie hoch in seine Arme nahm. Ein ermutigender Pfiff durchbrach die Luft zusammen mit Jubel, Gelächter und Applaus.

Er war verheiratet. Er hatte eine verdammt wunderschöne Frau. Und für den Rest seines Lebens – nein, selbst im Tod, würde es nie eine andere für ihn geben.

Kapitel Zwölf

MITCH KONZENTRIERTE sich auf Alanas Hintern, als sie vorausstürmte und auf dem Hotelflur Abstand zu ihm hielt. Sie war seit dem Ende der Zeremonie still gewesen und er hatte irgendwie gehofft, dass sie wegen Gabi und Blakes Verlust bedrückt war. Aber nein. Sie war sauer, und egal, wie heiß sie in diesen Fick-mich-Stiefeln und ihrem knappen Kleid aussah, heute Abend war weiterer Sex ausgeschlossen.

„Es war eine schöne Hochzeit, findest du nicht auch?", rief er ihr hinterher, um herauszufinden, wie verärgert sie war, bevor sie die begrenzte Fläche ihrer Hotelsuite betraten.

„Ja", fauchte sie.

Blake und Gabi hatten sich nach der Hochzeit in ihr eigenes Hotelzimmer zurückgezogen und auch Leah war ins Bett gegangen. Also war Mitch seiner Verlobten für ein bisschen Spaß zwischen den Laken zurück ins Bellagio gefolgt. Erst jetzt zweifelte er an seiner Entscheidung. Vielleicht hätte er doch mit Mason und Sean in den Strip-Club gehen sollen.

Seine süße und unschuldige Allie war fuchsteufelswild.

Vor ihm öffnete sie die Zimmertür, indem sie die Karte durch das Lesegerät zog, und ging hinein, ohne sich die Mühe zu machen, die Tür für ihn aufzuhalten. Sie hätte ihn im Flur stehen gelassen, wenn er nicht rechtzeitig seinen Fuß in die Tür gestellt hätte.

„Was ist dein Problem?", fragte er und stürmte hinein, wobei seine Müdigkeit und der nachlassende Alkoholrausch seine Frustration befeuerten. Es war schließlich nicht so, dass er Kontrolle über die Dummheiten hatte, die seine Freunde machten.

Vor der Küchenzeile blieb sie stehen und machte auf dem Absatz kehrt. „Was ist mein Problem?" Sie stemmte die Hände in die Hüften und straffte ihre Schultern. Es war genau dieser Moment, in dem Mitch klar wurde, wie tief er in der Scheiße steckte.

„*Was ist mein Problem?* Wir heiraten in", sie schaute auf ihre filigrane silberne Uhr, „weniger als vierzig Stunden, und nach dem, was du und deine dummen Freunde heute Abend abgezogen habt, bin ich gezwungen, mit einem Verlobten vor den Altar zu treten, der von Dumm und verdammt-nochmal-Dümmer begleitet wird. Ganz zu schweigen von Ryan, der aussieht wie der neue Fanta-Botschafter."

Ja … er steckte hüfthoch in der Scheiße. Wenn Alana so heftig fluchte, war das normalerweise ein sicheres Indiz dafür, dass er sich schleunigst zurückziehen sollte.

„Seans Gesicht ist mit blauen Flecken übersät. Und Mason …" Sie verzog das Gesicht und warf die Hände in die Luft. „Er hat eine Augenbraue. *Eine Augenbraue, Mitch!*" Alana schüttelte angewidert den Kopf, drehte sich um und stürmte in Richtung ihres Schlafzimmers.

Er begann, ihr zu folgen, und blieb stehen, als sie die Tür zuschlug. „Gut, in Ordnung, dann werde ich wohl auf der Couch schlafen."

Sie antwortete nicht.

Scheiß drauf. Es war nicht seine Schuld, dass Sean und Mason kindische Arschlöcher waren. Er hatte von Anfang an keine Lust auf diese dummen Challenges gehabt. Das war alles Leahs Schuld. Sie sollte sich Alanas Wut stellen müssen, nicht er.

Er schritt zur Schlafzimmertür, riss sie auf und marschierte geradewegs auf Alana zu, die am Kopfende des Bettes stand, und sich gerade in den Rücken griff, um ihr Kleid zu öffnen. „Das ist nicht meine Schuld, *Süße*", knurrte er. „Es liegt nicht in meiner Hand, was diese Pisser tun. Und es tut mir leid, dass die Hochzeit nicht so perfekt sein wird, wie du sie dir vorgestellt hast, aber so ist das nun mal."

Sie zuckte zurück. „So ist das nun mal? Nett, Mitchell, wirklich nett. Ich habe zu viele lange Stunden und schlaflose Nächte damit verbracht, unseren besonderen Tag zu planen, um mit den Schultern zu zucken und zu sagen ‚tja, egal'." Sie schüttelte den Kopf und kehrte ihm wieder den Rücken zu. „Du bist wirklich unfassbar."

„Warum regst du dich so auf?"

„Ist das dein Ernst?" Sie wirbelte herum und baute sich vor ihm auf.

Er presste die Lippen aufeinander und brachte jedes Gramm seiner berauschten Selbstbeherrschung auf, um nicht in Gelächter auszubrechen. Ganz gleich, wie wütend sie wurde, in seinen Augen würde seine Frau immer unschuldig aussehen. Ein liebliches Gesicht wie ihres, verzogen von so viel Wut, war einfach nur entzückend.

„Die ganze Welt wird unsere Hochzeitsfotos sehen. Nicht nur meine Familie und Freunde. Nicht nur deine durchgeknallten Bandmitglieder. Die gesamte Menschheit wird über uns urteilen."

„Na und? Wen interessiert das schon?"

Ihre Augen weiteten sich. „*Mitchell*!"

„Was, Liebling?"

Ihr Mund klaffte auf und diesmal konnte er das Grinsen, das sich auf seinem Gesicht breitmachte, nicht mehr unterdrücken. Sie war zu verdammt niedlich und diese Tatsache war auch seinem Schwanz nicht entgangen. „Solange wir beide glücklich sind, wen kümmern da schon die anderen?", fragte er, trat vor und brachte sie auf Tuchfühlung.

Sie starrte zu ihm auf und stieß einen Seufzer aus, als die Härte aus ihren Zügen wich. „Mason hat *eine* Augenbraue."

Er lachte schallend auf und langsam zeichnete sich auch auf ihren Lippen ein Lächeln ab. „Das ist nicht lustig, Mitchell."

„Doch", gluckste er. „Das ist es wirklich." Er packte sie an der Taille und zog sie an seinen Körper. „Du hättest sein Gesicht sehen sollen, als er herausfand, dass die Kosmetikerin sie ihm vollständig ausgerissen hat. Es war der Hammer."

„Nun, ich hoffe, es hat sich gelohnt." Sie drückte seine Schultern, aber er hielt sie fest, wollte sie nicht gehen lassen. „Du wirst nämlich wie ein kompletter Vollidiot aussehen, wenn du vorne in der Kirche stehst und er mit seinem schiefen Gesicht daneben."

Mitch zuckte mit den Schultern. „Die Jungs werden mich besser aussehen lassen."

Sie setzte nach. „Nein, das werden sie nicht." Sie zappelte in seinen Armen und stöhnte vor Frustration.

„Wo willst du denn so dringend hin?"

„Ich bin müde und schlecht gelaunt." *Als ob er das nicht bemerkt hätte.* „Ich möchte duschen und ins Bett."

„Ich habe da etwas, um deine Wut zu lindern", er rieb sein Becken an ihrem und genoss es, wie sich seine Eier bei der Reibung anspannten.

Sie hörte auf, sich zu wehren, und blickte ihn an. „Fang gar nicht erst damit an." Sie gab ihm einen weiteren heftigen Stoß und widerwillig ließ er sie los.

Sie wollte den Sex genauso sehr wie er. Er konnte es an der Art sehen, wie ihr Blick ihn aus den Augenwinkeln verfolgte, und an der gemächlichen Art, wie sie zum Ende des Bettes schlenderte, gerade außerhalb seiner Reichweite, um verführerisch die Träger ihres Kleides herunterzuziehen.

„Führe mich nicht in Versuchung, Frau."

Sie warf einen Blick über ihre Schulter – die Augenbrauen trotzig hochgezogen – und ließ das Kleid zu ihren Füßen sinken.

„Mach weiter. Dann liegst du gleich auf dem Rücken und mein Schwanz steckt tief in dir.“

„Ich sagte, ich bin nicht in der Stimmung.“ Sie konzentrierte sich auf das glänzende schwarze Leder ihrer Stiefel, stellte einen Fuß auf die Matratze und zog den Reißverschluss langsam hinunter.

Von wegen, nicht in der Stimmung. Mitch schlenderte um das Bett herum und stellte sich hinter sie, sodass die Härte, die gegen seinen Reißverschluss drückte, sich an ihren Hintern schmiegte. Sie versteifte sich, ein stiefelüberzogener Fuß noch immer auf der Matratze.

Er beugte sich über sie und führte seinen Mund an ihr Ohr. „Du bist eine Lügnerin.“ Er fuhr mit den Fingern über ihre Wirbelsäule und genoss es, wie ihr Körper erschauderte, als er sie im Nacken packte. „Eine hübsche kleine Lügnerin.“

Sie stieß ein kaum hörbares Wimmern aus.

„Weißt du, woran ich das merke?“ Er fuhr mit der freien Hand über ihren Po, ließ sie unter die dünne Spitze ihres Tangas gleiten. Mit einem Biss in ihr Ohrläppchen umschloss er die Hitze zwischen ihren Schenkeln und ließ zwei Finger durch ihre feuchten Falten gleiten. „Weil du klatschnass bist.“

Sie zappelte und versuchte mit minimaler Überzeugungskraft, sich seiner Hand zu entledigen.

„Reib dich weiter an mir, Allie.“ Er griff höher in ihren Nacken und zog an den Haaren an der Basis ihres Kopfes. „Je mehr du dich an mir reibst, desto härter werde ich.“

Sie wimmerte, ließ sich gegen ihn fallen, versenkte seine Finger tief in ihrer Hitze. Die Art, wie sich ihre Muskeln fest um ihn schlossen, ließ ihn aufstöhnen. Er konnte es kaum erwarten, seinen Schwanz bis zum Anschlag in sie zu treiben. Sie schreien zu hören, wenn er in sie eindrang. Sie richtete sich auf und ließ ihren Fuß auf den Teppichboden sinken. Wenn er doch nur eine Kamera hätte, um ein Foto von diesem himmlischen Anblick vor sich zu machen – Allie in nichts als kniehohen Stiefeln, schwarzer Spitzenunterwäsche und halterlosen Strümpfen. *Fick mich.* Ihr Körper war für den Playboy gemacht, während ihr

Gesicht immer noch einen süßen, verführerischen Charme ausstrahlte.

„Zieh dein Höschen aus", forderte er.

Sie gehorchte, hakte ihre Finger in den Bund des winzigen Stofffetzens und wackelte mit dem Hintern, bis er zu Boden fiel. Während er mit einer Hand noch immer mit ihrer Muschi spielte, fummelte er mit der anderen an seiner Gürtelschnalle und öffnete sie, ebenso wie den Knopf seiner Jeans. Er bearbeitete sie weiter mit seinen Fingern und konzentrierte sich auf den Rhythmus ihrer Hüften und darauf, wie ihre Wände sich zusammenzogen.

„Beug dich vor." Er öffnete seinen Reißverschluss und unterdrückte ein Stöhnen, als sie seiner Aufforderung nachkam.

Ihr Arsch – heilige Scheiße, ihr traumhafter, köstlicher Arsch. Eines Tages würde er ihn ficken. Sie würde wimmern, sich winden und stöhnen, aber sie würde es lieben. Dafür würde er sorgen. Widerwillig zog er seine Finger zurück, ließ sie höher wandern und verteilte ihre Säfte um ihren engen, verlockenden Hintereingang.

„Mitchell", warnte sie und zuckte bei der verbotenen Berührung zusammen.

Er schmunzelte. Wie konnte eine Frau so viele Widersprüche in sich vereinen? Im Laufe ihrer gemeinsamen Zeit hatte er ihre Hemmungen abgebaut und sie in ein Sexkätzchen verwandelt, das ihm jeden Wunsch erfüllte … na ja, bis auf einen.

„Ich necke dich doch nur, Schätzchen." Er schüttelte seine Schuhe und Jeans ab, hastig, um den sehnsüchtigen Schmerz in seinen Leisten zu lindern. Er machte sich nicht die Mühe, sein Hemd und seine Jacke auszuziehen, dafür hatte wirklich niemand Zeit, positionierte seinen Schwanz an ihrem Eingang und glitt in sie mit einem einzigen Stoß, der ihm ein Schaudern über die Wirbelsäule schickte.

Sie stöhnten gemeinsam, während er mit seiner Hand über ihren Rücken strich und die zarte Weichheit ihrer glatten Haut genoss. Sie war makellos. Jeder Zentimeter von ihr, von ihrem Haar bis zu den Zehen.

„Du machst mich fertig", stöhnte er und nahm einen langsamen, trägen Rhythmus auf. „Du fühlst dich immer so gut an."

Alana wackelte mit ihrem Arsch, um ihn zu ermutigen, sie noch härter zu nehmen. *Verdammt, nein.* Er hatte hier das Sagen und machte mit seinen gemächlichen Stößen weiter, packte ihre Hüften und beendete jede Bewegung mit einem Reiben seines Beckens. Sie drückte ihren Rücken durch, vergrub ihre Hände in der Bettdecke, und begann, schneller zu schaukeln.

„Mach langsam, Allie. Ich will nicht, dass es so schnell vorbei ist."

Sie wimmerte. „Bitte, Mitchell."

Fleh mich nicht an, Schätzchen. Es treibt mich in den Wahnsinn. Sie ignorierte seine Anweisung und bewegte sich schneller, sodass sich seine Eier anspannten. Als seine Lendenwirbelsäule zu kribbeln begann, zog er sich aus ihr zurück und stieß sie fest auf das Bett. Sie keuchte und drehte sich mit einem Schnaufen auf den Rücken.

Ein weiterer Foto-Moment – Allie auf der Matratze ausgebreitet, die Beine für ihn geöffnet, ihre Muschi zur Schau gestellt, die Brüste straff in schwarzer Spitze, Stiefel und Strümpfe noch an den Beinen. Verdammt, ja, er war ein Glückspilz.

„Du trägst noch deine Jacke." Sie machte ein langes Gesicht.

„Und du deine Stiefel und Strümpfe. Aber ich beschwere mich nicht."

Sie funkelte ihn an und schloss ihre Beine. „Zieh sie aus. Das Hemd auch."

Er hob eine Augenbraue und überlegte, ob er sich weigern sollte, nur um ihre Streitsucht zu steigern. Doch die Weichheit ihres Körpers verlockte ihn zu sehr, und schließlich schüttelte er seine Jacke ab und zerrte an den Knöpfen seines Hemdes, bis er nackt vor ihr stand.

„Besser?", fragte er, kletterte aufs Bett und kroch zwischen ihre durchtrainierten Schenkel.

„Ein bisschen", sagte sie knapp und wandte den Blick von ihm ab.

Sie spielte nur mit ihm, wie sie es schon zuvor getan hatte, aber dieses Spiel beherrschte er auch.

„Immer noch nicht in der Stimmung?" Er zog sich zurück und setzte sich auf seine Fersen.

Sie zuckte mit den Schultern und log damit erneut, dass sich die Balken bogen. Doch ihre Muschi glitzerte noch immer vor Erregung im schummrigen Licht.

„Dann beende ich das eben allein, ja?" Er packte seinen Schwanz und begann ihn zu pumpen, was ihm ein Stöhnen entlockte, das ihren Blick in Windeseile wieder zu ihm zurückwandern ließ. Er schloss seine Augen, während er gegen sein Lachen ankämpfte, und fuhr fort, sie zu verführen. Seine Berührungen waren sanft, vorsichtig, um sich nicht selbst an den Rand zu treiben, doch das Bild von ihr in seinem Kopf reichte aus, um ihn zum Explodieren zu bringen – die Stiefel, die Strümpfe, Brüste, die jeden Mann in die Knie zwingen würden.

„Also gut", schnaufte sie und brachte die Matratze mit ihren Bewegungen zum Wippen. „Dann lasse ich dich allein."

Er öffnete die Augen und sah, wie sie auf Händen und Knien aus dem Bett kletterte. Er packte ihren gestiefelten Knöchel und zog sie zurück. „Denk nicht einmal daran." Sie quietschte auf, als er sie zu sich zerrte und auf den Rücken drehte. „Schluss mit den Spielchen, Allie. Spreiz deine göttlichen Schenkel."

Sie funkelte ihn weiter an und er konnte sich ein Schmunzeln darüber nicht verkneifen, wie sie Desinteresse vortäuschte. Sie war scharf auf ihn und Verlangen tobte in ihrem Blick. Er drückte ihre Knie auseinander und konnte mitansehen, wie ihr eine Gänsehaut über den Körper lief. Sie biss sich auf die Unterlippe und starrte ihn an, erwartungsvoll, bereit für mehr. Er packte ihre Hüften, zog sie die letzten Zentimeter zu sich heran und stützte sich dann auf seine Knie, um sich an ihrem Eingang zu positionieren.

„Du willst es schnell?", fragte er.

„Ja. Ich will, dass du dich verdammt noch mal beeilst", sagte sie mit einem teuflischen Blick in den Augen. Er lachte auf und stieß in sie hinein, beugte sich vor, um ihren Mund mit seinem zu nehmen. Sie stöhnte auf, begegnete ihm bei jedem harten, unnachgiebigen Stoß und teilte ihre Lippen, um seiner Zunge Einlass zu gewähren und einen leidenschaftlichen Tanz mit der ihren zu beginnen. Sie kratzten, kniffen, rieben einander, fickten wie die Wilden, bis ihm der Schweiß auf der Stirn stand. Er stützte sich auf einen Ellbogen und zog die Körbchen ihres BHs herunter. Mit seiner Hand bearbeitete er das weiche Fleisch und rollte ihre Brustwarze zwischen Daumen und Zeigefinger.

„Oh, ja", keuchte sie und wiegte sich noch kraftvoller gegen ihn.

Sein Orgasmus steigerte sich mit jedem rauen Atemzug, den er ausstieß, mit jedem Mal, dass ihre Muschi sich um seinen Schaft zusammenzog, Auch sie war kurz davor, in tausend Stücke zu zerspringen, hatte die Augen weit aufgerissen und den Mund geöffnet, um nach Luft zu schnappen.

„Ich bin nah dran, Allie. So nah."

Sie schlang ihre Beine um seine Taille. Er griff in ihre Mitte, um das kleine Nervenbündel am Scheitelpunkt ihrer Schenkel zu finden. Als seine Finger über ihre Klitoris zu streichen begannen, keuchte sie auf, zog ihre Beine fester um ihn und konnte nicht anders, als ihr Becken nach vorne zu kippen.

„Mitchell!"

Sein Name auf ihren Lippen wurde ihm zum Verhängnis. Er stieß hart zu und sein Orgasmus traf ihn mit einer Wucht, die ihn zwang, seine Augenlider aufeinanderzupressen. Er wurde gebeutelt von einem Beben der Leidenschaft, das von seinen Eiern zu seinem Schwanz und in die Tiefen ihrer süßen Hitze strömte. Sie melkte ihn, krampfte sich um seinen Schaft zusammen und zog seine Ekstase in die Länge, bis sein Körper taub war.

Er eroberte ihren Mund und küsste sie innig, bis sich ihre Wirbelsäule entspannte und ihre gestiefelten Beine von seiner Hüfte fielen.

„Oh, Gott, das war gut", keuchte sie.

Er ließ den Kopf hängen und unterdrückte ein Lachen. „Ich dachte, du wärst nicht in der Stimmung."

„Ich dachte, du hättest mehr Verstand, als mich herauszufordern, wenn ich wütend bin."

Touché. Er sollte die Klappe halten, solange er noch die Nase vorn hatte. Wie jede andere Frau auf Erden, vergaß auch Allie niemals eine simple Diskussion, und schon gar nicht monumentale ästhetischen Belange, die sich um Dumm, Dümmer und am-Dümmsten drehten.

„Lass mich dir eine heiße Dusche aufdrehen." Ja, er war ein Arschkriecher, doch er konnte nicht anders. Atemberaubender Sex machte so etwas mit einem Kerl.

Kapitel Dreizehn

ALANA SAH ZU, wie Mitchell den Raum verließ und ihre Glückseligkeit mit sich nahm. Der Sex war atemberaubend gewesen, doch sobald ihr Körper aufgehört hatte, unter ihrem eigenen Orgasmus zu zucken, hatte der Stress seine scharfen Krallen wieder ausgefahren. Mit einem tiefen Seufzer stieß sie sich vom Bett ab, zog ihren BH, ihre Strümpfe und ihre Stiefel aus, und schlurfte dann ins Badezimmer. Sie lehnte sich gegen die kalte Wand und starrte auf den Boden, während die Dusche zu laufen begann.

„Was ist los, Allie?"

„Nichts", antwortete sie, ohne nachzudenken. Das hatte sie schon seit Monaten immer wieder gesagt. Doch jetzt war die Situation noch schlimmer. Nach den Ereignissen des heutigen Abends hatte sie keine Chance mehr, die perfekte Hochzeit zu organisieren. Sie konnte nicht glauben, dass ihr zukünftiger Ehemann den Junggesellenabschied so aus dem Ruder laufen lassen hatte. Ihre Trauzeugen würden für viele Jahre das Gesprächsthema der Hochzeitsindustrie sein. Und nicht im positiven Sinne.

„Die Hochzeit wird gut laufen." Mitch schüttelte etwas Wasser von seinem Arm und trat auf sie zu.

Er verstand es nicht. Er würde es nie verstehen. Eine Hochzeit war etwas anderes für eine Frau. Es war nicht einfach eine teure Party. Für sie bedeutete es so viel mehr, diese Feier perfekt zu gestalten.

„Komm schon, Allie. Das wird sie." Er zog sie in seine Arme.

Sie seufzte. „Es zu sagen, heißt noch lange nicht, dass es so sein wird. Ich muss noch einiges organisieren, und nach dem, was Gabi und Blake gerade durchmachen, fühlt es sich einfach nicht wie der richtige Zeitpunkt an."

Mitch zog sich zurück und sah sie stirnrunzelnd an. „Du denkst doch nicht etwa daran, einen Rückzieher zu machen, oder?"

„Nein." Sie schüttelte den Kopf. „Es ist nur …"

Seine Augen weiteten sich. „Es ist nur, was?" Er nahm sie an den Schultern und starrte sie an, sein dunkelbraunes Haar umrahmte seine haselnussbraunen Augen.

„Nichts. Vergiss es." Wenn sie versuchte, es ihm zu erklären, würde er lachen. Das Problem war, dass sie diese perfekte Hochzeit nicht für sich selbst wollte. Sie wollte sie für ihn. Sie wollte ihm etwas zurückgeben für all das, was er ihr während ihrer gemeinsamen Zeit bisher gegeben hatte.

Er verengte seinen Blick auf sie und in den glänzenden Tiefen konnte sie immer noch den Einfluss von Alkohol erkennen. Hoffentlich würde er sich morgen nicht an dieses Gespräch erinnern.

„Komm schon." Er nahm ihre Hand und zog sie unter den Wasserstrahl. „Ich werde dich jetzt sauber machen und nach einer ruhigen Nacht wird alles wieder in Ordnung sein."

Sie schwieg, während er ihren Körper einseifte und dabei keinen Zentimeter ihrer Haut aussparte. Als sie beide sauber waren, drehte Mitchell den Wasserhahn zu und öffnete die Duschtür, um ein frisches Handtuch vom Regal zu nehmen. „Hier."

„Danke." Sie trat aus der Kabine und trocknete sich ab, bevor sie aus dem Bad ging, auf der Suche nach etwas Freiraum. Sie waren seit fast zwölf Monaten zusammen und in dieser Zeit hatte sie ihren eigenen Wert im Vergleich zu dem von Mitchell oft infrage gestellt. Sie war nicht so naiv, alles nur nach ihren Einkommen zu beurteilen, aber Geld, Ruhm und Beliebtheit im Vergleich zu dem, was sie zu bieten hatte, sorgten für keine ausgeglichene Rechnung.

Die Hochzeit war ihre Gelegenheit gewesen, sich selbst und sie beide als Paar auf professionelle, aber herzliche Weise darzustellen. Sie war ihre Chance, den Gästen, von denen sie die meisten noch nie getroffen hatte, zu zeigen, dass sie dieses talentierten Mannes würdig war. Und vor allem wollte sie die perfekte Atmosphäre schaffen, um sich selbst und ihrem zukünftigen Ehemann zu beweisen, dass sie füreinander bestimmt waren.

Jetzt würden die Trauzeugen das Gespött der internationalen Brautmagazine werden.

Alana wickelte das Handtuch um sich, befestigte es über ihren Brüsten und ließ sich auf das Ende des Bettes fallen. Mit lebhafter Klarheit konnte sie sich vorstellen, wie die Hochzeitsfotos ausfallen würden. Zum Lachen. Nur, dass es nicht lustig sein würde.

„Ich erledige den Rest." Mitchells Stimme kam von der Badezimmertür und ließ sie aufschrecken.

„Wie bitte?" Sie drehte sich um und bemerkte die Ernsthaftigkeit in seinem Gesichtsausdruck. Er hatte sich ein Handtuch um die Taille gewickelt, sein Haar war struppig und nass, und von den dunklen Strähnen fielen immer noch Wassertropfen.

Er hob sein Kinn. „Überlass den Rest der Hochzeitsplanung mir."

„Was?"

„Haben wir nicht aus einem bestimmten Grund eine Hochzeitsplanerin engagiert?"

„Ja, aber das ist doch nicht der Sinn der Sache." Alana hatte alles selbst organisieren wollen.

Sie hatte die Planerin nur engagiert, um ihr die Botengänge abzunehmen, weil die Straßen von New York für sie als jemanden, der in relativer Abgeschiedenheit aufgewachsen war, immer noch beängstigend waren.

„Der Sinn ist, dass du den Tag genießen sollst – und damit auch die Zeit bis dahin. Ich weiß, jede Frau will die Märchenhochzeit, von der sie seit ihrer Kindheit geträumt hat –"

„Das ist nicht das, was ich wollte", platzte sie heraus, denn sie verspürte das plötzliche Bedürfnis, sich zu verteidigen. Es waren nicht ihr Träume, die ihr am Herzen lagen. Sie wollte, dass der Start in ihr gemeinsames Leben reibungslos verlief. Wie ein gutes Omen. Prominenten-Ehen scheiterten sehr oft. Sie brauchte nicht Google zu befragen, um zu wissen, dass sie sich statistisch gesehen wahrscheinlich früh scheiden lassen würden. Eine Zeitschrift hatte bereits den Monat vorausgesagt, in dem sie sich trennen würden. Und obwohl Alana wusste, dass ihre Beziehung stark war, wollte sie trotzdem alles tun, damit es so blieb.

Alana seufzte und konzentrierte sich auf die Fransen des dunkelrosa Teppichs.

„Allie?"

„Es war alles für dich."

Stille. Mitchell antwortete nicht, aber sein Blick erhitzte ihre Haut. Als sie zu ihm aufblickte, bohrten sich seine Augen in sie, die Stirn hatte er in tiefe Falten gelegt. „Erklär mir das."

Sie kicherte unterlegen und gleichzeitig amüsiert über seinen ruppigen Befehl und sah wieder zu Boden. „Die perfekte Hochzeit war nicht für mich gedacht. Sondern für dich. Ich wollte etwas Besonderes schaffen, um dir zu zeigen, wie sehr ich dich liebe, und um dir alles zurückzugeben, was du mir geschenkt hast."

Als diesmal Stille im Raum herrschte, begann ihr Herz zu pochen. „Ich möchte, dass deine Familie und deine Freunde mich mögen. Ich möchte, dass sie wissen, dass wir trotz unserer unterschiedlichen Lebensstile füreinander bestimmt sind."

In den verstreichenden Sekunden wurde sie unruhig, fragte sich, was er dachte, wagte es aber nicht, ihren Blick zu heben.

„Ist das dein Ernst?", fragte er und setzte sich neben ihr auf das Bett.

Sie wandte sich ihm zu. „Ja, Mitchell. Ich kann dich nicht mit Geschenken überhäufen oder dich um die Welt fliegen. Du hast sogar fast die gesamte Hochzeit bezahlt. Alles, was ich tun konnte, um mich bei dir zu revanchieren, war, unseren besonderen Tag perfekt zu machen."

„Der ganze Stress, die Panik und die schlaflosen Nächte waren also nur mir zuliebe?"

Alana blickte auf ihre Fingernägel hinunter und wollte nicht antworten. Sie hatte ihn in den letzten Wochen mit ihren Angsttiraden durch die Hölle geschickt, und es würde sie nicht überraschen, wenn er ein wenig wütend war.

„Allie", lachte er und zog sie an seine Seite. „Du überraschst mich immer wieder damit, wie liebevoll du bist. Und jetzt habe ich kein so schlechtes Gewissen mehr, dass die Flitterwochen-Challenge ein Schwindel war."

„Bitte was?", ihr Blick wanderte zu ihm.

Seine Augen weiteten sich und das Lächeln verschwand aus seinem Gesicht. „Ja ... nun, es ist so. Die Mutproben heute Abend waren nur für dich. Leah, Gabi und ich dachten, es wäre nett, dir eine verrückte Nacht voller Spaß zu bereiten. Ich hatte nie wirklich vor, einen Abenteuerurlaub zu machen."

„Was?" Sie stand ruckartig vom Bett auf und drehte sich zu ihm um.

Er hob kapitulierend die Hände. „Ich bin nicht derjenige, der deine bösen Blicke verdient hat. Es war eigentlich die Idee der Mädels. Sie wollten etwas Wildes machen und haben sich die Flitterwochen-Challenge ausgedacht, und ich dachte ehrlich gesagt nicht, dass dabei etwas Schlimmes herauskommen könnte."

„Masons Augenbraue, Ryans Bräune, Seans derangiertes Gesicht. Willst du mir sagen, dass das alles hätte vermieden werden können?" Alana konnte es nicht glauben. Sie hatte ihre Mutter in einen Strip-Club geschleppt, um Himmels willen.

„Nun, das hätte alles vermieden werden können, wenn du

die Herausforderung in diesem Schönheitssalon nicht auf die Liste gesetzt hättest. Aber ich will mich nicht an Details aufhängen."

Sie starrte ihn an, unschlüssig, ob sie lachen oder weinen, wütend oder froh sein sollte. Aber sie wusste die Geste zu schätzen. Leah, Gabi und alle anderen wussten, dass sie isoliert aufgewachsen war, aber die Umsetzung der Mutproben war katastrophal gewesen. Sie hätte niemals Dinge auf die Liste gesetzt, die ihren Verlobten ins Gefängnis bringen könnten, wenn diese blöde Sache mit den Flitterwochen nicht ihre Motivation gewesen wäre.

„Reg dich jetzt nicht auf", sagte er und stieß sich selbst vom Bett hoch. „Wir haben es für dich getan, so wie dein radikaler Perfektionismus bei der Hochzeitsplanung für mich war."

Sie lachte niedergeschlagen, trat in seine wartenden Arme, schmiegte ihren Kopf an seine Halsbeuge, und er hielt sie fest und stützte sein Kinn in ihr Haar.

„Ich habe das mit der Hochzeit ernst gemeint. Lass mich den Rest organisieren. Ich werde mit der Planerin zusammenarbeiten und dafür sorgen, dass alles glattgeht."

„Nein, Mitchell. Ich weiß das Angebot zu schätzen, aber es muss trotzdem alles reibungslos laufen. Wenn nicht für dich, dann für meinen Seelenfrieden." Sie legte ihre Hände um seine Taille und klammerte sich an ihn, in der Hoffnung, dass er verstehen würde. „Ich möchte, dass der Beginn unseres gemeinsamen Lebens perfekt ist ..."

„Das wird er sein. Aber er wird perfekt für *uns* sein, Allie. Nicht für die Gäste oder die Paparazzi. Deren Glück und Urteil interessiere mich nicht." Er küsste ihre Stirn, was ihr Blut von Neuem aufwallen ließ. „Solange wir beide glücklich sind, ist alles andere unwichtig. Und ich bin mehr als fähig, das zusammen mit der Hochzeitsplanerin hinzukriegen."

Alana lehnte sich zurück und sah ihn fragend an.

„Okay, vielleicht habe ich keine Ahnung, was noch alles zu tun ist. Ich kann es aber herausfinden. Wenn ich Hilfe brauche, frage ich Leah."

„Was, wenn –“

„Nein. Nein, kein ‚was wäre wenn‘. Lass mich einfach machen. Und wenn die Dinge nicht nach Plan laufen oder Probleme auftreten, ist das auch in Ordnung. Irgendwann muss man einen Schlussstrich ziehen und anfangen, den Tag zu genießen und nicht in Panik zu verfallen.“

Sie sah weg und seufzte. „Ja, ich denke, du hast recht.“ Sie fühlte sich immer noch panisch, aber er würde sich um die verbleibenden Punkte auf ihrer Liste kümmern können. Sie musste ihre Sorgen loslassen. Wenn Mitchell sich entschied, die Hilfe der Hochzeitsplanerin in Anspruch zu nehmen, würde es ein Kinderspiel werden. Alana hatte alles selbst machen wollen, um dem Geschenk ihres besonderen Tages mehr Bedeutung zu verleihen.

„Gut.“ Er grinste sie an und beugte sich für einen langen Kuss vor.

„Aber“, unterbrach sie ihre Verbindung, immer noch verwirrt von den Ereignissen der Nacht. „Ich kann immer noch nicht glauben, dass die Flitterwochen-Challenge frei erfunden war –“

„Kein Wort mehr über diesen Albtraum. Ich bin müde und wir haben eine ereignisreiche Woche vor uns.“

Alana rollte mit den Augen. Ihr Mann mochte es nicht, sich zu streiten. Es war bisher nicht oft vorgekommen, dass er sie wütend gemacht hatte, und wenn er es tat, war seine Taktik entweder, die Situation mit Sex zu entschärfen oder Ablenkung, Ablenkung und nochmals Ablenkung.

Nun nahm er ihre Hand und führte sie an die Seite des Bettes, wo er die zerknitterte Decke zurückzog. Sie löste das Handtuch um ihren Körper und reichte es ihm, bevor sie ins Bett kletterte und sich die Decke überzog. „Eines verstehe ich nicht“, murmelte sie im Versuch, ihn ein letztes Mal aufzuziehen. „Warum sollte sich Leah ein Klitorispiercing stechen lassen, wenn sie gar nicht musste?“

Mitchell hielt auf dem Weg zur Toilette mitten im Schritt inne. „Warte. Was?“ Er drehte sich auf den Fersen um und schwankte ein wenig, während er sie mit großen Augen anstarrte.

„Ach, nichts." Alana grinste. „Wir können später darüber reden. Wie du gesagt hast, wir haben eine anstrengende Woche vor uns, und ich muss jetzt schlafen."

Kapitel Vierzehn

MITCH STARRTE aus dem winzigen Fenster des Privatjets und massierte sich mit den Fingerspitzen die Stirn. Alanas Anspannung hatte sich im Laufe der Nacht auf ihn übertragen und das Gefühl davon gefiel ihm nicht. Morgen würde er heiraten und er hatte keine Ahnung, was zum Teufel für die Feier noch zu tun war. Warum zur Hölle hatte er nur angeboten, Alanas Aufgaben zu übernehmen?

Nun, er wusste warum. Er war betrunken gewesen und hatte es gehasst, seine schöne Braut so gestresst zu sehen, dass sie kurz davorgestanden war, sich zu übergeben. Aber wie sollte er es besser hinkriegen, wenn er nun selbst unter Strom stand?

Verdammter Idiot.

Sobald das Flugzeug landete, würden sie im Waldorf Astoria einchecken, und er würde sich mit der Hochzeitsplanerin zusammensetzen, um alle offenen Punkte abzuklären. Je mehr Aufgaben er auf sie abwälzen konnte, desto besser. Wie er Alana gestern Abend erklärt hatte, zählte nur ihr Glück. Er musste sich das nur immer wieder vor Augen führen.

„Du siehst nervös aus", sagte Leah, die hinter ihm auftauchte.

„Ich *bin* nervös", murmelte er.

Wenigstens war Alana glücklich. Seit er sich bereit erklärt hatte, sich um die Katastrophen der letzten Minute zu kümmern, hatte sie sich entspannt und zum ersten Mal seit einem Monat wieder ruhig geschlafen. Das war an sich schon eine Erleichterung. Er hatte nicht bemerkt, dass sie kurz davor gewesen war, die Hochzeit platzen zu lassen. Er war immer noch besorgt, dass sie ihn vor dem Altar stehen lassen würde, sodass alle Probleme, die auftauchten, zwischen ihm und der Hochzeitsplanerin bleiben müssten.

Sobald er im Hotel ankam, würde er sich mit dem Starlight Roof Room für die Zeremonie morgen Nachmittag und dem Grand Ballroom für den Empfang vertraut machen und die letzten Aufgaben in Angriff nehmen. Er hatte geschworen, alles zu übernehmen, und er würde Alana nicht im Stich lassen … aber er hatte die Absicht, sich stark auf die Hochzeitsplanerin zu stützen.

Ein Lächeln umspielte Leahs Lippen, das durch Zähne, die sich in ihre Unterlippe drückten, ersetzt wurde, als sie sich neben ihn setzte.

„Wie geht es deinem Piercing?"

Sie warf ihm einen bösen Blick zu. „Alana hat es dir gesagt?"

Er grinste und genoss den Anblick der Röte, die auf die Wangen seiner Bandmanagerin kroch. „Ja. Aber ich verstehe immer noch nicht, warum du es getan hast. Die Mutproben waren doch nur zum Spaß. Alana hätte die Flitterwochen bekommen, die sie wollte, ob ihr nun gewonnen hättet oder nicht."

Leah stöhnte. „Wem sagst du das. Ich kann nur sagen, dass Champagner und grüne Augen mein Verderben sind."

Mitch gluckste. „Die Freuden des Rausches. Ich glaube, Mason und Sean geht es heute ähnlich." Er warf einen Blick über seine Schulter und entdeckte die beiden schmollend im hinteren Teil der Kabine. Seans Gesicht war mit blauen Flecken in verschiedenen Schattierungen bedeckt, während Mason ein

Pflaster an der Stelle trug, an der eigentlich seine Augenbraue sein sollte.

„Die Dummheit der beiden wird nie aufhören, mich zu faszinieren. Aber heute ist es zur Abwechslung meine eigene Idiotie, die mich verblüfft."

„Kannst du das Piercing nicht entfernen und es abheilen lassen?"

„Ja, aber…"

Sie sah ihm wieder in die Augen und ihm fiel auf, dass sie immer noch rot war.

„Aber?"

Sie zuckte mit den Schultern. „Irgendwie mag ich es."

Er stieß sie mit dem Ellbogen an. „Du dreckige kleine Schlampe."

Sie rollte mit den Augen. „Ja. *Ich*, eine Schlampe. Die Frau, die seit zwölf Monaten keinen Sex mehr hatte, weil ich immer zu sehr damit beschäftigt bin, mich um den Mist zu kümmern, den ihr baut."

„Autsch. Zwölf Monate?"

Sie zeigte mit dem Finger anklagend auf ihn. „Wiederhole es nicht."

Er hob die Hände. „Niemals. Das verspreche ich. Aber Sean würde dir liebend gern über deine Durststrecke hinweghelfen. Du musst ihn nur fragen."

„Du vergisst, dass ich weiß, wo er sich herumtreibt." Leah rümpfte angewidert die Nase. „Nun, ich weiß wahrscheinlich nur von der Hälfte der Orte, an denen der Mann eingelocht hat. Aber selbst das reicht aus, um mich abzuschrecken."

„Verständlich. Hast du dich inzwischen mit Ryan vertragen?"

Sie schüttelte den Kopf und drehte sich zum Fenster. „Er redet nicht mehr mit mir." Sie atmete tief durch und blickte dann zurück, um seinen Blick zu erwidern. „Versteh mich nicht falsch, er verhält sich normal. Ist immer noch ein Gentleman, hält mir die Tür auf und benutzt seine Manieren. Er beantwortet meine Fragen zur Band, wann immer ich ihm welche stelle." Sie zuckte mit den Schultern. „Aber die Freundschaft ist weg. Er kann mir kaum noch in die Augen sehen."

Ryan und Leah hatten sich nahegestanden. Aufgrund der Gruppendynamik neigten sie alle dazu, sich auf Tournee zusammenzutun – Mitch mit Blake, Mason mit Sean, und weil Ryan so lange der einzige verheiratete Mann gewesen war, hatte er normalerweise Zeit mit Leah verbracht, während der Rest von ihnen Groupies verführt hatte. Ihre Meinungsverschiedenheit war nicht nur ein Streit zwischen Manager und Klient gewesen, sondern das Ende einer engen Freundschaft.

„Er wird darüber hinwegkommen. Sobald sein gekränktes Ego geheilt ist."

„Ja, vermutlich ..." Sie schwieg einen Moment, dann klatschte sie die Hände zusammen, als ob sie den Bann brechen wollte. „Aber nun zu einem ganz anderen Thema: Alana sagte, du würdest die letzten Hochzeitsvorbereitungen übernehmen."

Er stöhnte. „Erinnere mich nicht daran." Der Gedanke daran ließ ihn immer noch in kalten Schweiß ausbrechen.

„Weißt du eigentlich, was du da tust?", hob sie eine Augenbraue und sah ihn durch ihre türkisblau leuchteten Augen fürsorglich an.

„Keinen blassen Schimmer. Aber ich habe einen Plan. Wenn die Hochzeit in die Hose geht, werde ich Alana mit Alkohol abfüllen, bis sie ohnmächtig wird, und ihr dann im Flüsterton einreden, wie toll der Tag war, bis sie am nächsten Morgen aufwacht. Klingt das gut?"

Leah schüttelte kichernd den Kopf. „Wie ich schon sagte, die Dummheit von euch allen wird niemals aufhören, mich zu faszinieren."

Kapitel Fünfzehn

ALANA ENTSPANNTE sich auf der tragbaren Massageliege und versuchte, die Ruhe zu genießen, die während der Spa-Behandlung, die sie in ihre Hotelsuite bestellt hatte, aufkam. Die Hände ihrer Masseurin rieben die Realität aus ihren Zellen. Sie atmete durch die Beklemmung hindurch, ignorierte das Bedürfnis, nach Mitchell zu suchen und in sein Treffen mit Jan, der Hochzeitsplanerin, zu platzen, und konzentrierte sich auf die starken, geschickten Hände auf ihrem Rücken. Es gelang ihr genauso lange, bis sich die Tür der Suite in der Ferne schloss und Mitchs Schuhe neben ihr auftauchten.

Die Verantwortung für die Hochzeit abzugeben, war genauso entmutigend gewesen, wie alles selbst zu machen. Aber sie hatte sich mit einer nicht perfekten Hochzeit abgefunden. Es war tatsächlich egal, dass manche Gäste vielleicht neben Fremden sitzen würden und die Trauzeugen aussahen, als wären sie Studenten am Clown College. Keine große Sache. Und die Drohung, dass ihre Mutter etwas Dramatisches anstellen würde, konnte sie auch nicht aus der Ruhe bringen. Oh nein. Der Gedanke, dass ihre Mutter ein Luftdruckgewehr zücken oder einem männlichen Gast in die Eier treten würde, weil er es gewagt hatte, sie zu grüßen, kam ihr nicht in den Sinn. Ganz und gar nicht.

Die letzten Vorkehrungen für die Hochzeit mussten jedoch gut gelaufen sein. Sie hatte Mitchell erst in einigen Stunden von seinem Treffen mit Jan zurückerwartet.

„Ich übernehme."

Mitchells kratziger Ton bescherte ihr eine Gänsehaut. Die Masseurin entzog ihrer Haut die warmen Berührungen und an die Stelle ihrer Hände traten nun kühlere, rauere, vertrautere.

„Kein Problem, Mr. Davies. Ich komme später zurück, um meine Sachen zu holen."

Leise Schritte verhallten in der Ferne und dann quietschte die Eingangstür, bevor sie sich mit einem leisen Klicken schloss. Jede Sekunde, die verstrich, ließ die Spannung in ihrem Bauch steigen. Sie musste wissen, ob die endgültige Sitzordnung feststand. Ob die Geschenke für die Hochzeitsgäste richtig verpackt worden waren. Ob die Dekoration für den Empfang und die Zeremonie angekommen war. Ihr innerer Druck stieg, bis sie ihn nicht mehr für sich behalten konnte. „Ist für morgen alles geregelt?", platzte sie heraus und hielt dann den Atem an, weil sie nicht wusste, was sie erwarten sollte.

„Es ist alles in Ordnung." Seine Daumen wanderten auf beiden Seiten ihrer Wirbelsäule hinauf und lösten die Verspannungen in ihren Muskeln. Seine Hände waren in vielerlei Hinsicht begabt. Sie ließen sie ihre Sorgen fast gänzlich vergessen. Fast. „Jan hat alles unter Kontrolle."

Also hatte er alles an die Hochzeitsplanerin delegiert. „Ist das klug?" Sie konnte ihre Nervosität nicht verbergen. Es waren kaum noch vierundzwanzig Stunden bis zum Beginn der Zeremonie, und Dinge mussten organisiert werden. „Ich weiß, es ist ihr Job, aber wir mussten noch ein paar Gäste in letzter Minute an den Tischen platzieren. Ich will nicht, dass sie einfach irgendwo zwischen Fremden verteilt werden."

Seine Hände wanderten wieder ihre Wirbelsäule hinunter, über ihre Taille, dann ihre Seiten hinauf und strichen über die Wölbung ihrer Brüste. „Ich werde wiederholen, dass alles unter Kontrolle ist", murmelte er an ihrem Ohr, „und von jetzt an werde ich alle Gespräche über die Hochzeit ignorieren. Lass es gut sein und genieße."

Sie biss sich auf die Lippe und unterdrückte die vielen Fragen, die ihr auf der Zungenspitze lagen, klärte ihre Gedanken und konzentrierte sich auf seine Berührung und die Art und Weise, wie seine Finger ihre Nippel auf dem warmen Ledertisch mit einem angenehmen Kribbeln zu festen Spitzen verwandelten. „Mmm. Das ist schön."

„Die nächsten vierundzwanzig Stunden ohne dich werden mich umbringen." Seine Hände wanderten tiefer und ließen ihr Innerstes sich zusammenkrampfen, als er das kleine Handtuch, das über ihrem Hintern hing, beiseiteschob. Raue Finger griffen in den Schritt ihres Seidenhöschens und zogen es ihr über die Beine hinunter, bis sie nackt war.

„Denk auch an die Frau, die sich mit deiner zukünftigen Schwiegermutter herumschlagen muss."

Sie hörte das Glucksen der Ölflasche, dann waren seine Hände an ihren Knöcheln und glitten an der Innenseite ihrer Schenkel höher, bis sie den höchsten Punkt erreichten. „Ja, ich beneide dich nicht."

Er neckte sie mit seinem Daumen und ließ ihn über ihre Schamlippen gleiten, bevor er sich zurückzog und seine Hände wieder zu ihren Knöcheln hinunterführte. Er fuhr fort, sie zu quälen, wiederholte dieselbe Bewegung immer und immer wieder, bis ihre Muschi vor Erregung tropfte.

„Mitchell ..." Sie presste ihre Schenkel zusammen und versuchte, das Pochen, das sich dazwischen ausbreitete, zu lindern.

„Ja, Schätzchen?"

„Was machst du da?"

Er neckte ihre Muschi erneut, spreizte diesmal ihre Lippen, um durch ihre Feuchtigkeit zu gleiten. „Ich massiere dich", säuselte er.

Das kannst du deiner Großmutter erzählen. Er trieb sie ganz langsam in den Wahnsinn. Sie drehte sich auf den Rücken und ließ ihre Beine auf beiden Seiten des Tisches herabhängen, während sie ihn mit ihren unschuldigen Augen anblinzelte. „Wie viel müsste ich zahlen, um einen kompletten Service zu bekommen?"

Er räusperte sich und konzentrierte sich auf den Scheitelpunkt ihrer Schenkel. „Ich denke, wir können zu einer für beide Seiten vorteilhaften Vereinbarung kommen." Er betastete die Erektion, die sich in seiner Hose spannte, und richtete seinen Blick auf ihre Augen. „Schließlich ist dies meine letzte Chance, mit einer schönen Frau zu schlafen, solange ich noch single bin."

Sie spreizte ihre Beine weiter und bedeutete ihm mit einem Finger, zu ihr zu kommen. Ohne ein Wort zu sagen, zog er sein Hemd aus, streifte seine Hose ab und kletterte auf den schmalen Tisch und zwischen ihre Knie.

Stirnrunzelnd betrachtete er den begrenzten Raum um sie herum. „Du musst vielleicht nach oben, Baby."

„Das kann ich machen." Sie setzte sich auf, rutschte vom Tisch und wartete darauf, dass er sich hinlegte. Es wäre ein Vergnügen gewesen, die quälende Massage zu erwidern und ihn bis zum Höhepunkt zu reizen, aber sie konnte nicht warten. Stattdessen kletterte sie zurück auf den Tisch und stützte sich auf seiner Brust ab, während sie sich auf seine Taille legte.

Er umfasste seinen Schaft und drückte die Spitze an ihren Eingang. Sie schloss die Augen, nahm seinen Schwanz gemächlich auf und genoss jeden Zentimeter von seiner Länge. „Oh, Gott, ja", entglitt ihr ein Stöhnen und sie genoss die Art, wie sich ihre Muskeln um ihn herum zusammenzogen.

Mitchell umfasste ihre Hüfte mit einer Hand, während sie begann, ihn mit trägen Stößen zu reiten. „Fuck. Du fühlst dich gut an."

Sie rieb sich weiter an ihm, erhöhte das Tempo, vertiefte die Bewegungen ihres Beckens. Ihre Klitoris rieb sich bei jeder Bewegung an ihm und sandte kribbelnde Impulse durch ihren Körper. Es würde nicht lange dauern, bis sie zum Höhepunkt kam. Sie hatte sich wochenlang dem Genuss verweigert und eine Menge aufgestauter Lust abzubauen, von der sie nun bereits spüren konnte, wie sie sich in ihrem Unterleib sammelte.

Mitchells Hand wanderte zu ihrer Brust und sie öffnete ihre Augen für seinen haselnussbraunen Blick. Seine Nasenlöcher blähten sich auf und zeigten ihr, dass er kurz davor war, zu kommen, als sie ihn noch härter zu reiten begann. „Komm her", flüsterte er.

Sie beugte sich nach vorne und brachte ihre Körper Brust an Brust. Seine Hand wanderte von ihrer Hüfte zu ihrem Hinterkopf und drückte ihn vorwärts, bis ihre Münder nur noch einen Hauch voneinander entfernt waren. Dann küsste er sie intensiv und seine Zunge glitt hungrig zwischen ihre Lippen, während sich ihre Muschi weiter um ihn zusammenzog.

„Ich liebe dich", murmelte er.

„Ich liebe dich auch."

Er stieß in sie hinein und steigerte das Tempo, bis der Tisch aus Protest zu quietschen begann. „Ich will dir zusehen, wenn du kommst."

Darauf würde er nicht lange warten müssen. Sie schwebte über dem Abgrund, kurz davor, über die Klippe zu springen. Er begegnete weiter ihren Bewegungen und hob seine Hüften jedes Mal an, wenn sie auf ihn sank. Ihr Atem wurde schneller, die schweren Geräusche von Sex erfüllten die Luft, der Tisch knarrte lauter in Missbilligung.

Die Hitze stieg, die Lust nahm zu, und dann flog sie durch die Lüfte, im übertragenen Sinne, als ihr Höhepunkt ihren Körper erfasste … und im wörtlichen Sinne, als der Tisch unter ihnen zerbrach. Sie fielen zu Boden und Mitchell hielt sie fest, als sie hart aufschlugen. Seine Hüften hielten für eine Sekunde inne, bevor er weiter in sie stieß. „Scheiße", stöhnte er, trieb sich nun mit aller Kraft in sie und fand seine Erlösung gerade, als sie die letzten Wellen ihres eigenen Bebens ausritt.

Ihre Körper wurden langsamer. Sie öffnete die Augen und begutachtete keuchend den Schaden. „Ich ernenne dich zu der zuständigen Person, um dies der Masseurin zu erklären."

Mitchells Brust vibrierte unter ihr. „Ich kann mir das

Gespräch bildlich vorstellen. ‚Die gute Nachricht ist, dass wir mit Ihrem Tisch fertig sind. Die schlechte, dass wir Ihnen einen neuen kaufen müssen.“

Sie gluckste und beugte sich vor, um ihre Arme um ihn zu legen. Bald würde er gehen und sie würde ihn mit jeder Sekunde mehr vermissen. Sie hatten sich versprochen, nicht mehr miteinander zu reden, bis sie ihre Eheversprechen abgelegt hatten – eine Vereinbarung, die sie schon jetzt verabscheute, umso mehr, als die letzten Vorbereitungen nun allein in seinen Händen lagen.

„Ich kann dich denken hören“, flüsterte er ihr ins Haar. „Und du brauchst dir keine Sorgen zu machen. Jan hat alles unter Kontrolle, ich habe alles doppelt überprüft und Leah steht für den Notfall auf Abruf.“

Der Gedanke an einen Hochzeitsnotfall ließ Alanas Haut prickeln. Sie atmete tief ein und stieß einen Seufzer aus. „Das freut mich.“ Er hatte es verdient zu wissen, dass sie aufgeregt war. Und das war sie auch. Es war eine Mischung aus Adrenalin und Angst. „Alles, was für mich jetzt zählt, ist, dass ich am Ende des morgigen Tages deine Ehefrau bin.“

„Das wirst du sein, Allie. Und ich werde von jedem Mann im Raum beneidet werden.“

Kapitel Sechzehn

MITCH LIEß sich entspannt in dem schicken Restaurantstuhl nieder und nippte an seinem Frühstückskaffee. Das Letzte, was er brauchte, war Koffein, selbst nach der lausigen Nacht, die er hinter sich hatte. Er hatte ihn bestellt, um sich die Zeit zu vertreiben. Jetzt dauerte es nur noch Stunden. Er könnte sie wahrscheinlich in Minuten zählen, aber dafür war er noch zu weggetreten.

„Du bist überhaupt nicht gestresst, oder?", fragte Blake und schob sich eine Gabel voll Speck in den Mund.

„Was an der Sache sollte mich stressen?" Ein Lächeln breitete sich auf seinen Wangen aus. Die Organisation der Hochzeit lag in den Händen einer bezahlten Planerin und des Hotelpersonals, und Alanas Unruhe hatte sich gelegt. Alles, was er zu tun hatte, war, auf den großen Moment zu warten.

Blake zuckte mit den Schultern. „Ich weiß es nicht. Ich dachte nur, du würdest wegen deines Gelübdes ausflippen."

Scheiße. Mitch sah über Blakes Schulter und versuchte, sich an die Zeilen zu erinnern, die er vor Wochen auswendig gelernt hatte. Er hatte sie völlig vergessen. *Zu lieben und zu ehren? So ein Mist.* Das gehörte nicht dazu.

Blake gluckste. „Deinem Blick nach zu schließen denkst du wohl gerade noch einmal über meine Frage nach."

„Halt verdammt noch mal die Klappe." *Ich nehme dich so, wie du bist – als die Frau, die mein Herz gestohlen hat, und verspreche, dich als die Person zu lieben, die du jetzt bist und die du eines Tages sein wirst.* „Ha ha ha, Trottel." Mitch zeigte Blake den Vogel. „Alles wieder da." Na ja, zumindest der Anfang.

„Schön für dich, Kumpel." Blake grinste. „Ich hoffe nur, du brichst nicht unter dem Druck der Menschenmenge zusammen."

Arschloch.

„Mitch!"

Sie hoben beide bei dem weiblichen Ruf den Kopf und sahen, wie die Hochzeitsplanerin auf sie zuschritt. In ihren Augen leuchtete einstudierte Freundlichkeit, als sie sich in einem maßgeschneiderten Anzug näherte.

„Ich bin froh, dass ich dich gefunden habe", sagte Jan mit einem Lächeln im Gesicht. „Ich war in deiner Suite. Offensichtlich warst du nicht da."

„Offensichtlich", murmelte er, immer noch verärgert darüber, den größten Schwachkopf der Welt als Trauzeugen zu haben. „Was ist los?"

„Nichts Großes. Ich habe nur eine kurze Frage." Sie zog den freien Stuhl neben ihm heran und setzte sich. „Der Empfangschef hat heute Morgen angerufen. Er wollte sich vergewissern, dass wir auf der Gästeliste keinen Fehler gemacht haben."

„Welchen Fehler?" Er ignorierte das leichte Brennen in seiner Brust, das auf das bevorstehende Unheil hinwies, und wartete geduldig auf ihre Antwort.

„Ein Mr. Bowen hat gestern Nachmittag eingecheckt, aber er steht nicht auf der Gästeliste. Ich wollte mich vergewissern, dass wir ihn in der Sitzordnung nicht übersehen haben."

„Was?" Er runzelte verwirrt die Stirn. „Mr. und Mrs. Bowen sind Allies Großeltern. Sie wurden offiziell eingeladen und sollten auf der Gästeliste stehen. Ich erinnere mich, ihre Namen gestern auf einem der Tische gesehen zu haben."

„Ja. Tut mir leid." Sie lächelte entschuldigend. „Das hier ist ein *anderer* Bowen. Chris mit Vornamen."

Statisches Rauschen klang in Mitchs Ohren und sein Herz begann schmerzhaft zu pochen. Er stieß sich von seinem Stuhl ab und verspürte das dringende Bedürfnis, sich zu prügeln. „Welche Zimmernummer hat er?"

„Dann ist er ein Hochzeitsgast?", fragte sie, wobei ihr Blick zur Bestätigung zu Blake wanderte.

„Nein, ist er nicht", stieß Mitch hervor. Der verdammte Bastard war auf ihrer Hochzeit alles andere als willkommen. „Sag mir, wo er ist."

Jans Lächeln flachte ab, während sie sich erhob. „Mitch, es tut mir leid, aber da du nicht für sein Zimmer bezahlst, kann ich dir diese Information nicht geben. Ich wollte mich nur vergewissern, ob wir ihn absichtlich von der Gästeliste gestrichen haben."

„Nein, wir haben ihn nicht absichtlich von der *verdammten* Gästeliste gestrichen", knurrte er und fuhr sich mit den Fingern durch die Haare. „Er sollte überhaupt nicht hier sein."

Blakes Stuhl quietschte über den Boden und er stand auf. „Reg dich nicht auf. Wir kriegen das schon hin. Kein Problem."

„Sag mir die Zimmernummer", wiederholte er und ein winziger Anflug von Reue machte sich in ihm breit, als Jan zusammenzuckte. Sie antwortete nicht, sondern starrte ihn nur mit schockiertem Schweigen an.

Er musste sich entspannen. Tief einatmen. Ausatmen. Er war ruhig. Er war Zen. Er hatte nicht vor, in einem der protzigsten Hotels Manhattans auszuflippen.

„Lass es mich so sagen, Jan", sagte er leise, um nicht noch mehr unerwünschte Aufmerksamkeit von Mitarbeitern oder Gästen zu bekommen. „Wenn Alana herausfindet, dass er hier ist, wird sie ausrasten. Und ich bin bereit, alles in meiner Macht Stehende zu tun, um das zu verhindern." Er lehnte sich dicht an sie heran, sein Blick fast ein bedrohliches Starren, während er versuchte, ihr die Aufrichtigkeit seiner Worte zu verdeutlichen. „Es ist mir egal, ob ich an jede verdammte Tür in diesem ganzen Hotel klopfen muss. Ich werde ihn finden, und wenn es sein muss, werde ich ihn höchstpersönlich rauswerfen. Denn das Glück meiner zukünftigen Frau aufs Spiel zu setzen, ist meine Schmerzgrenze."

Jans Augen weiteten sich, aber er war noch nicht fertig. „Ich habe wochenlang ihre Ängste ertragen. Nein, monatelang. Sie hat hart gearbeitet. Sie hat ihr Herz an den heutigen Tag gehängt und ich werde auf keinen Fall zulassen, dass ihr Vater hier einmarschiert und ihr das ruiniert."

„Ihr Vater?", wiederholte Jan im Flüsterton.

„Ja." Er ging nicht näher darauf ein. Alanas Beziehung zu diesem Mann ging niemanden etwas an und Mitch hatte nicht vor, Informationen weiterzugeben, die in der Klatschpresse landen könnten. „Also, was wird es kosten, Jan? Alles, was ich brauche, ist seine Zimmernummer." Er knirschte mit den Zähnen, während er wartete, und mit jeder Sekunde wurde seine Wut greifbarer.

„Wir werden keinen Ärger machen", fügte Blake hinzu und zuckte bei dieser Lüge selbst zusammen.

Ja, diese Situation zu lösen, ohne Ärger zu verursachen, war nicht realistisch. Mitch wollte Alanas Vater schon allein dafür an die Gurgel gehen, dass er es gewagt hatte, hier aufzutauchen.

„Mitch ..." Jan sah ihn flehend an, als sie zwischen den beiden hin und her blickte.

„Komm schon. Uns läuft die Zeit davon." Er trat vor und legte ihr die Hände auf die Schultern. „Bitte." Er hob seine Augenbrauen und bettelte förmlich um die Zimmernummer jenes Mistkerls, der Alanas Mutter vergewaltigt hatte.

„Er ist im fünften Stock." Sie seufzte. „Ich müsste mir die Nummer bestätigen lassen."

* * *

Mitch marschierte den Hotelflur hinunter und überflog mit den Augen die Türnummern, an denen er vorbeikam. Das hier war das Letzte, was er am Morgen seiner Hochzeit tun sollte.

„Beruhige dich, verdammt", befahl Blake. „Ich komme ja gar nicht hinterher."

Mitch hatte sich nicht mehr im Griff. Er war wütend darüber, dass irgendjemand, insbesondere Alanas Vater, es wagen würde, ihnen den Tag zu verderben. Und er würde sich nicht eher beruhigen, bis das Arschloch, das vor Jahren die Mutter seiner Verlobten vergewaltigt hatte, so weit weg vom Ort ihrer Hochzeit war wie nur irgendwie möglich. Alana war gerade erst über die ganze Augenbraue-Fantagesicht-Prügel-knaben-Sache hinweggekommen. Wenn sie wüsste, dass Bowen hier war, würde sie vielleicht nicht bleiben, um Fragen zu stellen, sondern endgültig die Flucht ergreifen.

„Ich kann nicht", sagte er über seine Schulter. „Alana hat das nicht verdient. Ich muss ihn hier rausschaffen. Wenn noch irgendetwas schiefgeht, ist sie bestimmt weg."

„Das würde sie nicht tun."

Mitch hielt inne und drehte sich zu seinem Freund um. „Nein?" Er hob eine Braue. „Früher hätte ich das auch gesagt, aber du hast in den letzten Wochen nicht mit ihr zusammenge-lebt. In Vegas stand sie kurz vor einem Nervenzusammenbruch. Mit mir zusammen zu sein verlangt ihr viel zu viel ab. Wir Jungs sind anders", deutete er zwischen ihnen beiden hin und her. „Wir haben den Nervenkitzel der Live-Auftritte, den Rausch der schreienden Fans und ein prall gefülltes Bankkonto. Aber was hat sie? Soziale Medien, die sie jeden Tag verurteilen. Paparazzi, die sie beim Einkaufen verfolgen. Ihren Vater zu sehen würde ihr einen riesigen Schreck einjagen und ich werde nicht riskieren, dass sie mich vor dem Altar stehenlässt."

„Das macht sie nicht", murmelte Blake. „Ihr seid beide nervös, das ist alles."

Mitch knirschte vor Frustration mit den Zähnen. Blake verstand ihn einfach nicht. Nicht einmal im Ansatz. Gabi war eine willensstarke Frau. Alana hingegen, war, obwohl sie sich langsam zu einer fähigen und sehr unabhängigen Frau entwi-ckelte, immer noch verletzlich und brauchte seinen Schutz.

Aber es war sinnlos, darüber zu streiten, und Mitch hatte keine Zeit zu verlieren.

Er drehte sich um und blieb nicht stehen, bis er wütenden Schrittes vor Chris Bowens Tür ankam. Wenige Augenblicke später war Blake an seiner Seite und gemeinsam polterten sie gegen das massive Holz.

„Denk einfach daran, gelassen zu bleiben", sagte Blake, „wenn du den Oldtimer noch einmal anfasst, landest du wahrscheinlich im Knast."

Scheiß auf gelassen.

Mitch hörte, wie von innen die Türkette gelöst wurde, bevor einen Moment lang Stille herrschte. Alanas Vater musste durch das Guckloch sehen und seine Optionen abwägen. Schließlich öffnete sich die große Holztür einen Spalt, und das vertraute Gesicht des Mannes starrte ihn an.

„Mitchell", sagte der Mann zur Begrüßung.

„Sie müssen hier verschwinden." *Und scheiß auf Höflichkeiten.*

Chris schüttelte den Kopf. „Tut mir leid. Das wird nicht passieren." Er wollte die Tür bereits schließen, doch Blake klemmte seinen Fuß in den Spalt und drückte die Tür mit seiner kräftigen Handfläche weiter auf.

„Ich glaube, Sie haben ihn nicht verstanden", knurrte er. „Packen Sie Ihre Sachen und hauen Sie ab. Sofort."

„Oder was?" Alanas Vater wandte seinen Blick von Blake ab und wieder zu Mitch. Sie starrten einander an, der ältere Mann wirkte müde und erschöpft, während Mitch sich abmühte, nicht zu grinsen. „Willst du mich wieder schlagen, mein Sohn?"

„Ich bin nicht Ihr verdammter Sohn", knurrte Mitch.

„Ach nein?" Chris hob fragend eine Braue. „Nur bald mein Schwiegersohn."

„Ihr Blut mag durch ihre Adern fließen, aber Sie sind nicht ihr Vater."

„Sie wird immer meine Tochter sein", sagte Chris niedergeschlagen. „Sie war immer ein Teil meines Lebens, auch wenn ich keiner von ihrem war."

Diese Antwort traf Mitch ins Herz. Alana war eine großartige Frau, die die Liebe eines vernarrten Vaters verdiente. Doch ganz gleich, wie sehr sich dieser Mann um sie sorgte oder wie sehr er die Brücken der Vergangenheit reparieren wollte, der heutige Tag, und auch der morgige, waren nicht der richtige Zeitpunkt, um damit zu beginnen.

„Alles, was ich will, ist meine Tochter an ihrem Hochzeitstag zu sehen."

„Alles, was ich will, ist ein flauschiges rosa Einhorn", sagte Blake, „aber das wird hier auch nicht durchgaloppieren." Mitch holte tief Luft, stellte sich seine zukünftige Frau in Gedanken vor und befahl sich selbst, sich verdammt noch mal zu beruhigen. „Wenn sie Sie ohne Vorwarnung sieht, wird ihr das den Boden unter den Füßen wegreißen. Wollen Sie das?" Er hob spöttisch die Augenbrauen. „Sind Sie wirklich so egoistisch?"

„Sie braucht mich nicht zu sehen. Ich will kein Aufsehen erregen. Ich will nur einen Blick auf sie werfen am wichtigsten Tag ihres Lebens. Ist das zu viel verlangt?"

„Ja, das ist es", antwortete Blake. „Holen Sie sich die morgige Zeitung, da werden bestimmt Fotos drin sein."

„Hört zu, Jungs." Chris öffnete die Tür ein Stück weiter. „Ich habe mich im Hintergrund gehalten und Alanas Mutter erlaubt, meine Tochter ohne mich aufzuziehen. Seit dem Tag ihrer Geburt habe ich für meine Fehler bezahlt. Damit ist jetzt Schluss."

Mitch starrte den Mann an und schüttelte den Kopf. Seine Wut steigerte sich, ließ seine Hände zittern und sein Herz wild pochen. Wenn er den Mann nicht physisch aus dem Gebäude entfernen wollte, wozu er kein Recht hatte, dann musste Mitch sich eine andere Strategie einfallen lassen.

„Gut." Er hob sein Kinn und ballte eine Faust. „Aber eines sollte Ihnen klar sein. Wenn Sie bei der Hochzeit auftauchen, sorge ich dafür, dass Sie es bereuen."

„Ich bin Anwalt, mein Sohn. Ich weiß, wo ich sein darf und wo nicht."

Sohn. Mitchs Auge zuckte und er war froh, dass Blake die

Führung übernahm, indem er sich nach vorne schob und höhnisch lachte.

„Ja", erwiderte Blake in todernstem Tonfall. „Und ich bin das Arschloch, dass sich einen Scheiß um Ihre Rechte kümmert. Wenn Sie sich mit meinen Freunden anlegen, kriegen Sie es mit mir zu tun." Dann trat er einen Schritt zurück und funkelte Chris an. „Ich wünsche Ihnen einen schönen Nachmittag, Mr. Bowen."

Kapitel Siebzehn

MITCH SAß auf einem der Gästestühle im stillen Grand Ballroom und massierte sich die Stirn, um seine Kopfschmerzen zu lindern. Der Raum war ein einziges Gewirr aus glitzernden Lichtern, poliertem Silber und stark duftenden Blumen. Alles war wunderschön anzusehen und erinnerte ihn stark an seine zukünftige Frau. Sie hatte hervorragende Arbeit geleistet, eine Feier dieser Größenordnung auf die Beine zu stellen, vor allem, da sie bisher selbst noch nie an einer Hochzeit teilgenommen hatte.

„Wie lange braucht sie noch?", brach Mason das Schweigen. Er lehnte sich an die Rückenlehne eines der Stühle am Nebentisch und starrte Mitch besorgt an. Das taten sie alle – Blake, Ryan und Sean.

„Sie sagte, sie sei auf dem Weg", murmelte Blake.

Sie warteten auf Jan, die wundersame Hochzeitsplanerin, die alles in Ordnung bringen würde, wie Blake ihn zu überzeugen versuchte.

„Ich kann hier nicht mehr lange sitzen und nichts tun", murmelte Mitch. Er würde zu spät kommen. Nicht, dass er viel zu tun gehabt hätte, aber die Stylistin wartete schon seit über einer halben Stunde in seiner Suite.

Minutenlang herrschte angespanntes Schweigen, bis sich

eine Tür öffnete und weibliche Absätze auf dem Boden klackten. „Tut mir leid, dass ich zu spät komme", sagte Jan und schritt auf sie zu. „Es hat eine Weile gedauert, bis ich alles beisammen hatte."

„Und?", fragte Mitch, der nach vorne auf die Stuhlkante rutschte.

„Du brauchst dir keine Sorgen zu machen", antwortete sie und stellte sich neben ihn. „Ich habe das Sicherheitsteam verdoppelt. Die Männer werden überallhin ausschwärmen. Alanas Vater wird nicht in ihre Nähe kommen."

Mitch musterte die selbstbewusst wirkende Hochzeitsplanerin.

„Ich weiß, was ich tue." Sie schenkte ihm ein halbherziges Lächeln. „Wir haben auch die Sicherheitsvorkehrungen in den Aufzügen erhöht, sodass nur noch Mitarbeiter mit einer Sicherheitskarte die Gäste zu den Etagen der Festsäle begleiten können. Die zusätzlichen Wachleute sind nur für deinen eigenen Seelenfrieden."

Mitch nickte, während langsam Erleichterung den Druck in seinen Lungen zu lösen begann. Er suchte die Gesichter seiner Freunde ab und ließ sich von ihren zustimmenden Blicken beschwichtigen.

„Klingt gut", meldete sich Blake zu Wort. „Er kann nicht mit dem Aufzug zur Hochzeit kommen und die Bodyguards können dafür sorgen, dass er nicht über die Treppe hingelangt."

„Könnt ihr ihn nicht einfach rausschmeißen?", fragte Mason verärgert. „Ich bin sicher, Mitch lässt genug Geld hier liegen, um sich dieses Privileg zu erkaufen."

Jan seufzte. „Mr. Bowen ist ein Hotelgast und bisher hat er nichts falsch gemacht. Außerdem würde es nur die Neugierde der Paparazzi wecken, wen wir ihn hinauswerfen. Vor den Türen wartet schon eine Menschenmenge und jede öffentliche Szene könnte noch vor der Hochzeit zu Alana durchdringen." Jans Blick wurde finster. „Ich kann dich nicht davon abhalten, die Sache selbst in die Hand zu nehmen, aber um deines eigenen Glücks willen solltest du es lieber lassen. Lass die

Sicherheitsleute ihre Arbeit machen und versuche einfach, ihn auszublenden."

Mitch brach in schallendes Gelächter aus. „Ja, das werde ich versuchen."

„Es tut mir leid, dass das passiert ist." Jan zuckte mit den Schultern. „Ich werde alles in meiner Macht Stehende tun, damit euer Tag reibungslos abläuft."

„Ich denke immer noch, dass es das Beste wäre, dem Kerl die Beine zu brechen", verkündete Sean.

„Dann wandern wir in den Knast, noch bevor die Hochzeit begonnen hat", argumentierte Mason. „Und ich würde als Schlampe eines Knastis enden, weil ich besser aussehe als ihr alle zusammen."

Blake verdrehte die Augen und Ryan schüttelte den Kopf.

Sean stieß Mason mit dem Ellbogen in die Rippen. „Nun, du bist auf jeden Fall die größte Pussy."

Jan räusperte sich und ignorierte den Kommentar. „Tatsächlich habe ich genügend Sicherheitskräfte organisiert, um sogar eine königliche Hochzeit überwachen. Ihr Vater wird nicht in ihrer Nähe auftauchen."

Mitch ignorierte das Pochen seines Herzens und nickte. Mehr konnte er nicht tun. „Gut." Er wandte sich an seine Trauzeugen. Allen voran an Blake. „Ich möchte nicht, dass unsere Frauen davon erfahren." Seinen besten Freund zu bitten, diese Angelegenheit vor seiner eigenen Frau zu verheimlichen, war hart, aber es war der einzige Weg sicherzustellen, dass Alana sich vor der Zeremonie nicht aufregte.

Blake nickte.

„Sie wird es nicht herausfinden", murmelte Ryan. „Dafür werden wir sorgen."

„Also gut." Mitch stand aus seinem Stuhl auf. „Dann lasst uns loslegen."

* * *

Alana stand vor dem Ganzkörperspiegel und versuchte zu ignorieren, wie sich ihre Kehle vor Aufregung zusammenzog. Das Spiegelbild vor ihr ließ ihre Lippen erzittern. Das elfenbeinfarbene Kleid schmiegte sich an ihre Taille, der Rock wogte in wunderschönen Wellen, während die Kristallperlen des Mieders im Licht funkelten. Und mit dem professionellen Make-up und der Frisur erkannte sie sich selbst kaum wieder. Doch zum ersten Mal seit langer Zeit fühlte sie sich erleichtert.

Heute Morgen war sie mit klarem Verstand und einem Lächeln auf dem Gesicht aufgewacht, bereit und mehr als begierig darauf, vor den Traualtar zu treten und den Mann ihrer Träume zu heiraten. Ihre bisherige Anspannung war verschwunden und einer aufgeregten Vorfreude gewichen, die nun ein Kitzeln in ihrer Magengegend verursachte. Wochenlang hatte sie sich darüber aufgeregt, dass sie nicht genug Zeit hatte, um alles zu erledigen. Jetzt wünschte sie sich, die Minuten würden schneller vergehen, anstatt quälend mit dem tickenden Sekundenzeiger der Uhr dahinzuschleichen.

Ein Schniefen ihrer Mutter durchbrach die Stille und Alana drehte sich um, wobei sie den Stoff ihres Rocks nach sich zog, um die einzige andere Person im Hauptschlafzimmer anzusehen.

„Ich habe noch nie etwas so Wunderschönes gesehen." Ihre Mutter atmete scharf ein und hob sich ein weißes Taschentuch an die Nase. „Ich habe es dir in letzter Zeit nicht gesagt, und auch nicht oft genug im Laufe deines Lebens. Aber ich bin so stolz auf die Frau, die du geworden bist."

„Danke", flüsterte Alana. Die Worte trieben ihr die Tränen in die Augen. Emotionen waren in ihrer Familie nie groß gelebt worden und Lob war nicht leicht zu verdienen gewesen. Nun streckte ihre Mutter die Hände aus und Alana nahm sie und genoss den vertrauten Trost ihrer Berührung.

„Ich war lange Zeit das Kind in unserer Beziehung", sagte ihre Mutter leise. „Du bist weise für dein Alter und ich war immer eine Herausforderung."

„Wenn ich weine, ist mein Make-up ruiniert."

Ihre Mutter gluckste und drückte Alanas Hände. „Ich weiß. Ich weiß." Sie schüttelte den Kopf. „Ich wollte nichts sagen. Aber du hast es verdient zu hören, was ich fühle. Mitch ist ein netter Mann und obwohl kein Mann jemals deiner würdig sein wird, finde ich, dass ihr beide ein wunderbares Paar seid."

Der Umgang mit den Veränderungen in Alanas Leben war schwer gewesen für eine Mutter, die die Gesellschaft von Männern nicht ertragen konnte. Es war nie ein freundliches Wort über den Leadgitarristen gefallen, kein Lob, keine Zuneigung. Und doch hatte Alana immer gewusst, dass sie ihn mochte … irgendwo tief in ihrem Inneren.

„Mitchell ist ein großartiger Mann", antwortete sie.

Ihre Mutter seufzte und nickte. „Ja, das ist er. Und wenn er dir jemals wehtut, dann reiße ich ihm die Eier ab."

Jede andere Tochter hätte gelacht. Alana konnte es nicht. Denn ihre Mutter meinte es todernst. „Okay", sagte sie daher zögernd. „Gut zu wissen." Sie beugte sich vor und umarmte sie sanft, damit nichts zerknitterte oder verschmierte.

„Ich liebe dich, mein Schatz." Die Worte rollten an Alanas Wange vorbei.

„Ich liebe dich auch."

Die meiste Zeit ihres Lebens waren es nur sie beide gewesen. Ja, es hatten Frauen in dem Refugium gelebt, das sie ihr Zuhause genannt hatte. Aber sie waren gekommen und gegangen, waren nie länger als ein oder zwei Jahre geblieben. Diese Frau war die einzige Konstante in ihrem Leben gewesen, bis sie Mitchell kennengelernt hatte.

„Ich bin auch stolz auf dich", fügte Alana hinzu. „Es ist schwer für dich, hier zu sein."

„Du musst dir keine Sorgen um mich machen."

Aber das tat sie. Ihre Großeltern waren nicht in der Lage gewesen, an der Verlobungsfeier teilzunehmen, sodass ihre Mutter heute zum ersten Mal den Eltern jenes Mannes gegenüberstehen würde, der sie vor all den Jahren vergewaltigt hatte, lange, bevor Alana geboren worden war.

„Deine Großeltern sind wunderbare Menschen", fuhr sie

fort. „Ich habe meine halbe Kindheit in ihrem Haus verbracht. Es wird … schön sein, sie wiederzusehen."

Alana zog sich zurück und hob eine Augenbraue.

„Okay, der Satz stammt möglicherweise von meinem Seelenklempner." Ihre Mom grinste. „Aber ich kann es kaum erwarten, mein kleines Mädchen zum Traualtar schreiten zu sehen. Das würde ich um nichts in der Welt verpassen wollen."

Ein Schweigen breitete sich zwischen ihnen und legte sich schwer um Alanas Herz.

„Dein Vater war einst ein großer Mann. Nun, eigentlich ein Junge."

Alana erstarrte. Sie sprachen nie über Chris Bowen. Niemals. Und auch wenn das Bedürfnis, mehr über ihn herauszufinden, täglich an ihr nagte, hatte sie sich nicht dazu durchringen können, mit ihrer Mutter darüber zu sprechen. Sie hatte schon genug durchgemacht. Deshalb hatte Alana eine enge Beziehung zu ihren Großeltern aufgebaut. Mr. und Mrs. Bowen beantworteten ihr jene Fragen, die sie ihrer Mutter nicht stellen konnte.

„Ich habe ihn geliebt."

Alana nickte und rümpfte die Nase, um das aufkommende Kribbeln zu vertreiben. Nach allem, was ihre Großeltern ihr erzählt hatten, waren ihre Mutter und Chris auf der Highschool ein Paar gewesen. Unzertrennlich. Bis zu der Nacht, in der Alana gezeugt wurde.

Ein Klopfen an der Tür unterbrach den persönlichen Moment und Gabi steckte ihren Kopf herein. „Der Fotograf –" Gabi klappte der Mund auf und sie stieß die Tür weiter auf und trat in den Raum. „Oh, Alana."

Ihre Trauzeugin schritt in einem karmesinroten Brautjungfernkleid herein, mit großen Augen, das Haar in Locken zurückgesteckt. „Du siehst so schön aus."

„Uns läuft die Zeit davon, meine Damen." Der Fotograf betrat den Raum und hielt inne. „Wow. Du bist wirklich eine umwerfende Braut."

Schmetterlinge flatterten wie wild in Alanas Bauch. Alles,

was nun noch zwischen ihr und der Hochzeitszeremonie stand, waren die Fotos, die gemacht werden mussten. Zwanzig Minuten Lächeln und Frohsinn, bevor sie endlich an Mitchells Seite stehen konnte.

„Ich bin nervös", gab sie zu und blinzelte schockiert, als das erste grelle Kamerablitzlicht über sie hereinbrach.

Der Fotograf grinste. „Dieses Lächeln ist zu süß, um es nicht festzuhalten."

Hunderte von Schnappschüssen später ließ er sie mit dem Versprechen zurück, dass noch tausend weitere folgen würden.

„Wir sind spät dran", quietschte Alana.

Leah hielt Alana an den Armen fest und verhinderte, dass sie wie eine Verrückte loslief. „Du *sollst* zu spät kommen. Das ist eine der Pflichten der Braut."

„Atme tief durch", fügte Gabi hinzu und rieb über die angespannten Muskeln zwischen Alanas Schulterblättern. „Hast du alles, was du brauchst? Blumen? Parfüm? Lippenstift?"

Kate trat vor. „Es ist alles da." Sie hielt Alanas Strauß roter Rosen in einer Hand und ihre weiße Clutch in der anderen.

„Kannst du bis zum Empfang meine Tasche nehmen?", wandte Alana sich in Panik an ihre Mutter.

„Entspann dich, mein Schatz. Ich kümmere mich um alles, was du brauchst."

Alana holte tief Luft. In diesem Moment saßen bereits all ihre Gäste im Starlight Roof Room. Ihr Verlobter würde mit seinen Trauzeugen scherzen, nervös sein und hoffentlich ebenso aufgeregt. Und ihr Großvater würde in der Nähe des Eingangs stehen, bereit, sie zum Altar zu geleiten.

„Möchtest du etwas trinken, um deine Nerven zu beruhigen?", fragte Leah.

„Nein!" *Gott, nein.* Alles, was sie jetzt zu sich nahm, würde sich während ihrer Eheversprechen wieder melden.

„Dann lass uns gehen." Die Worte ihrer Mutter erklangen sanft, langsam und bewusst ruhig. Nicht, dass ihr das geholfen hätte.

Alana griff nach ihrem Brautstrauß, dankbar, etwas zum

Festhalten zu haben, und folgte Gabi zur Tür der Suite. Mit jedem Schritt klopfte ihr Herz heftiger und drohte zu explodieren.

„Es ist so weit", sagte Gabi, ihre Trauer hinter einem begeisterten Lächeln versteckt.

Alana starrte auf das schwere Holz der Tür und das Bild von Mitchell beherrschte ihre Gedanken. Sie konnte es kaum erwarten, bei ihm zu sein, seine Reaktion zu sehen und die ersten Worte zu hören, die seine Lippen verließen. Sie konzentrierte sich nur noch auf ihn. Dann öffnete Gabi die Tür und zwei Männer standen vor ihr. Zwei große, breitschultrige Männer in maßgeschneiderten Anzügen.

„Hallo, Ms. Shelton. Es wäre uns eine Ehre, Sie heute zu Ihrer Hochzeit zu begleiten."

Kapitel Achtzehn

ALANA STARRTE DIE HOCHGEWACHSENEN MÄNNER AN. „Wer sind Sie?"

„Hotelsicherheitsdienst, Ma'am. Ihr Mann hat beschlossen, in letzter Minute noch ein paar zusätzliche Vorkehrungen zu treffen, damit Ihr perfekter Tag reibungslos verläuft."

Alana warf einen Blick über ihre Schulter und sah ihre Mutter stirnrunzelnd an. „Wusstest du davon?"

„Nein." Sie schüttelte den Kopf. „Ich bin sicher, dass alles in Ordnung ist."

Ein Ziehen in Alanas Magengrube sagte ihr etwas anderes. Mitchell war nicht der vorsichtige Typ. Er neigte dazu, auf gut Glück zu handeln und Probleme erst dann zu lösen, wenn sie tatsächlich auftauchten.

Sie drehte sich zu den Bodyguards zurück und trat in den Flur. „Gibt es einen Grund für die erhöhten Sicherheitsvorkehrungen?"

Die Männer tauschten Blicke aus und beantworteten ihre Frage mit einem Schweigen.

„*Was* ist passiert?" Sie atmete tief ein und versuchte, sich nicht von der aufkommenden Angst vereinnahmen zu lassen. „Ist mit Mitchell alles in Ordnung?"

„Ich verspreche, dass Sie sich keine Sorgen machen

müssen." Einer der Männer lächelte und streckte seinen Arm in Richtung des Aufzugs aus. „Nur eine zusätzliche Vorsichtsmaßnahme wegen der Menschenmenge draußen."

Sie stand reglos da, unbeeindruckt, und der Druck hinter ihrem Brustbein verstärkte sich. Ihre Emotionen spielten bereits verrückt und ihre Nerven waren ohnehin seit Wochen angespannt.

„Mach dir keine Sorgen." Gabi packte Alana am Arm und führte sie den Flur hinunter. „Jetzt ist es zu spät, um in Panik zu geraten. Du heiratest in wenigen Augenblicken."

Heiraten. Die Anspannung unter ihren Rippen löste sich ruckartig und verwandelte sich in einen ausgewachsenen Adrenalinstoß, der ihr bis in die Fingerspitzen schoss. Die Vorbereitungen waren abgeschlossen und die Gäste würden gerade ihre Plätze einnehmen. Endlich war es so weit.

„Denk einfach an Mitch. Ich wette, er flippt gerade aus und fragt sich, ob du kommst."

„Ja, ich weiß." Alana vergewisserte sich, dass ihre Mutter, Leah und Kate hinter ihr waren. Dann folgte sie den Männern zum Aufzug. Sie spielte mit den Perlen an ihrem Mieder, glättete das Band, das um ihre Rosenstiele gebunden war, und lauschte dem Rauschen in ihren Ohren, bis das Klingeln des Fahrstuhls sie aufschrecken ließ.

„Sie können jetzt eintreten, Ms Shelton." Einer der Bodyguards hielt die Tür auf, während der andere hereinschlenderte und sich hinter einem jüngeren Mann an der Schalttafel positionierte.

Sie hatten sogar Personal abgestellt, das die Aufzüge bediente?

„Ganz sicher?" Sie hob eine Augenbraue. „Ich will da nicht rein, wenn ein Ninja vom Dach fallen könnte." Der Mann im Aufzug hob seinen Blick und sie wusste nicht, ob sie lachen oder weinen sollte. „Was zum Teufel ist hier los?"

„Komm schon, Alana. Wir können den schlechten Einfluss, den du deinen Verlobten nennst, nicht warten lassen."

Zum ersten Mal schaffte sie es, den Spott ihrer Mutter

wegzustecken. Etwas Ernstes war vorgefallen, um die zusätzlichen Wachleute zu rechtfertigen.

„Ma'am?"

Der Wachmann, der die Tür aufhielt, sah sie besorgt an, doch seine Stimme drang nicht zu ihr durch. Ihr Blut begann zu pochen, während ihre Gedanken einen albtraumhaften Pfad einschlugen. Was war da oben los? War eine von Mitchells Ex-Freundinnen aufgetaucht? Hatten es die Paparazzi ins Hotel geschafft? Oder war jemand von einem Extremisten verletzt worden, der die Aufmerksamkeit der Medien erregen wollte?

Oh, Gott, reiß dich zusammen.

Sie schüttelte den Kopf, um all den Irrsinn darin zu zerstreuen. Es waren ihren Nerven. Das war alles. Die schlaflosen Nächte und die Angst, den Erwartungen nicht gerecht zu werden, hatten ihr zu schaffen gemacht. Und sie musste sie endlich loslassen.

„Ziehen wir die Sache durch." Sie holte tief Luft und betrat den Aufzug.

Niemand sonst war wichtig. Niemand außer dem Mann ihrer Träume, der schon ungeduldig auf ihre Ankunft warten würde.

* * *

Mitch stand, mit den Nerven am Ende, vor einer Ansammlung von Familie, Freunden und Musikerkollegen. Er lächelte, so gut er konnte, nickte zum Gruß Leuten zu, die er seit Monaten nicht mehr gesehen hatte, und umklammerte die Taschentücher in seinen Taschen, um sich den Schweiß von den Handflächen zu wischen. Er konnte nicht einmal seiner Mutter in der ersten Reihe in die Augen sehen. Die Nervosität in ihrem Blick ließ sein Herz noch heftiger schlagen.

Alana war bereits eine Viertelstunde zu spät. Damit hatte er gerechnet, hatte die Anspannung in seinem Körper erwartet, aber nichts hatte ihn auf diese nackte Angst vorbereitet, dass sie nicht auftauchen könnte.

„Ich sage dir, sie kommt nicht", murmelte Mason lang gezogen. Der arrogante Wichser hatte seine Daumen in seinen
Hosentaschen eingehängt und wippte auf seinen Absätzen vor
und zurück, während er die Damen in der Menge anlächelte.

„Halt die Klappe", murmelte Blake.

„Warum?", gluckste Mason amüsiert und sah Mitch an.
„Glaubst du wirklich, dass sie nicht auftauchen wird? Herrgott,
Mann. Wach auf. Ihr zwei seid so schwer verliebt, dass ich mir
am liebsten zwei Gabeln in die Augäpfel rammen würde."

„Wie zum Teufel reißt du eigentlich Frauen auf?", fragte
Ryan ungläubig. „Du bist so ein Arschloch."

„Sei gemein, das macht sie geil, mein Freund." Mason
zuckte mit den Schultern. „Und es hilft, dass ich verdammt
genial bin."

„Nicht mit nur einer Augenbraue", knurrte Mitch zurück
und erntete dafür einen strafenden Blick.

„Die Visagistin hat gesagt, dass die aufgemalte genauso
aussieht wie die, die du mir gestohlen hast."

Sean musste einen Lachanfall zurückhusten. „Bro, die Visagistin hat gelogen."

Insgesamt machten die Trauzeugen kein allzu schlechtes
Bild. Sean war über und über mit Foundation geschminkt, um
seine blauen Flecken zu verdecken. Masons aufgemalte Augenbraue würde um einiges glaubwürdiger wirken, sobald sie alle
betrunken waren. Und Ryan hatte Stunden unter der Dusche
verbracht, um den Farbton seiner orangefarbenen Haut abzu-
schwächen.

„Und ihr sagt, ich bin hier das verdammte Arschloch",
murmelte Mason und wandte der Menge den Rücken zu.

In diesem Moment räusperte sich der Zeremonienmeister
und sie alle drehten sich nach vorne um und lächelten den
älteren Mann entschuldigend an. *Komm schon, Allie. Bitte, beeil
dich.*

Mitch war besorgt, dass ihr Vater sie erwischt hatte. Der Typ
war Anwalt. Er konnte sich den Weg in jede Situation hineinre-
den. Und die Folgen würden brutal sein, nicht nur für Alana,

sondern auch für ihre Mutter. Ihre Hochzeit würde in einem Albtraum enden und er konnte den Gedanken nicht ertragen, dass das der wunderbaren Frau passierte, die sein Leben vervollständigte.

Sein Morgen war von Sorge erfüllt gewesen. Seine Freunde hatten versucht, ihn zu beschäftigen und seine Aufmerksamkeit auf andere Dinge zu lenken. Und auch wenn Mason seine Bemerkungen mit Vorliebe auf die Wahrscheinlichkeit konzentrierte, dass Alana doch nicht auftauchen würde, schätzte er die Bemühungen dieses Arschlochs dennoch. Sie alle waren für ihn da, und sie waren auch für seine zukünftige Frau da.

„Wir starten", murmelte Blake und wandte sich wieder den Gästen zu.

Moment. Was? Das Klimpern einer Harfe ertönte sanft in dem großen Saal und Mitch ließ seinen Blick zu den Musikern schweifen, die in der hinteren Ecke warteten. Jan stand neben ihnen, ihre Mappe an ihre Brust gepresst, während sie ihn strahlend anlächelte.

Heilige Scheiße, es ist so weit.

Alana war hier. Sie waren im Begriff zu heiraten. Und plötzlich bekam er kaum noch Luft.

„Es geht los, Kumpel", sagte Blake und klopfte ihm auf die Schulter. „Und jetzt versuch, es nicht zu versauen."

Kapitel Neunzehn

Alana sah zu Boden, als ihre Nervosität ihre Sicht trübte und alles vor ihren Augen verschwimmen ließ. Ihr Großvater stand neben ihr und legte seinen gebrechlichen Arm um ihre Schultern.

„Bist du bereit, mein Kind?"

Ihr Herzschlag beschleunigte sich – sofern das überhaupt noch möglich war – und sie atmete tief durch, während sie nickte. Sie konnte die beruhigenden Blicke von Leah und Kate spüren, deren aufmunternde Worte sie wegen des Rauschens in ihren Ohren gar nicht wahrnahm.

In weniger als einer halben Stunde, nach ein paar anmutigen Schritten und geflüsterten Liebesschwüren, würde sich ihr Leben schlagartig ändern. Sie würde nicht länger single sein. Sie würde die Frau eines Rockstars sein, das Symbol seiner ewigen Liebe am Ringfinger tragen und sein Versprechen für eine gemeinsame Ewigkeit in ihrem Herzen.

Jetzt musste sie nur den ersten Schritt tun.

Die hohen, zarten Töne einer Harfe legten sich über die verhaltenen Gespräche auf den Sitzbänken im Nebenraum, und die liebliche Frauenstimme, die darauf folgte, raubte ihr den Atem. Sie kannte dieses Lied. Als Mitchell sie gebeten hatte, sich um die Musik für die Hochzeit kümmern zu dürfen, hatte sie nicht gewusst, was sie erwarten würde. Aber diese akustische Darbietung von Bryan Adams' „Heaven" war so perfekt, dass ihr die Tränen in die Augen schossen.

„Nicht weinen", flüsterte ihr Großvater und drückte sie fester an sich. „Der Mann, den du liebst, wartet gleich nebenan. Ich bin sicher, du willst nicht, dass er dich mit verschmiertem Make-up sieht."

Alana presste ihre Lippen aufeinander und bewunderte das ältere Gesicht der einzigen Vaterfigur, die sie hatte. Sie kannten sich noch nicht lange und doch war sofort eine Bindung zwischen ihnen gestanden, die durch nichts erschüttert werden konnte. Ohne ihn wäre sie ein nervliches Wrack in Weiß mit einem Haufen feuchter Taschentücher in der Hand. Sie blinzelte die Tränen in ihren Augen weg und nickte wortlos. Ihre Kehle war zu trocken, um zu sprechen, und selbst wenn sie etwas hätte sagen können, hätten die hervorgepressten Worte nur ihre Entschlossenheit ins Wanken gebracht.

Leah blickte von ihrer Position an der Spitze der Brautjungfern über ihre Schulter. „Wenn wir uns das nächste Mal unterhalten, bist du eine verheiratete Frau." Sie hob ihr Lilienbouquet und zwinkerte ihr zu, bevor sie im Starlight Roof Room verschwand.

„Oh, G-Gott", keuchte Alana.

„Alles wird gut", versicherte Kate ihr. „Lächle, hebe dein Kinn und atme tief ein. Die Sache ist vorbei, bevor du es bemerkst, also genieße jede Sekunde." Dann straffte sie ihre Schultern und folgte Leah.

„Ich bin dran." Gabi grinste. „Du weißt, was ich sagen werde, oder?"

Alana schüttelte den Kopf. Sie hatte keine Ahnung und ihr fehlte die Gehirnkapazität, um darüber nachzudenken. Alles, was sie wissen wollte, war, wie sie es schaffen sollte, mit ihren tauben Beinen diesen Gang entlangzuschreiten.

„Du heiratest Mitchell Davies. *Den* Mitchell Davies. Kannst du es fassen?"

Alana schüttelte erneut den Kopf und das Taubheitsgefühl

in ihren Beinen breitete sich auch auf den Rest ihres Körpers aus.

„Du bist eine glückliche Frau, Alana. Und ich freue mich so sehr für dich." Gabi beugte sich vor und hauchte ihr einen Luftkuss auf die Wange. „Ich will dein Gesicht nicht ruinieren. Du siehst so hübsch aus."

Ein Glucksen sprudelte aus Alanas Bauch. „Geh", krächzte sie. „Sonst sorgt Mitchell sich noch, dass ich nicht komme."

„Schon gut, schon gut. Sieh zu, wie ich es mache." Gabi drehte sich mit dem Rücken zu Alana, wackelte mit dem Hintern und schritt los.

Alana hielt inne und ließ den romantischen Text in ihr Herz eindringen, bevor sie einen tiefen, beruhigenden Atemzug nahm. „Okay", flüsterte sie und drückte mit einer Hand die Ellenbogenbeuge ihres Großvaters, während sie mit der anderen ihren Strauß hoch und festhielt. „Zeit zu heiraten."

Sie bewegten sich auf den offenen Durchgang zu, begleitet vom Rascheln des schweren Rocks ihres Brautkleides. Sie senkte den Blick, unfähig, nach vorne zu schauen. Sie wusste nicht, wie ihr Körper auf Mitchells Anblick reagieren würde. Vielleicht würde sie erstarren. Vielleicht würde sie in Ohnmacht fallen. So oder so, sie wollte nichts davon riskieren. Stattdessen konzentrierte sie sich auf den dunkelroten Teppich, der den Gang säumte – den plüschigen Flor, die Stickereien an den Rändern –, und machte den ersten Schritt.

Leise Stimmen flüsterten um sie herum, das Gemurmel prominenter Gäste und einflussreicher Leute aus der Musikindustrie. Alle waren sie gekommen, richteten ihre Blicke auf jede ihrer Bewegungen. Ihre Haut wurde feucht bei all der Aufmerksamkeit. Sie war es nicht gewöhnt, im Rampenlicht zu stehen. Ihr Leben hatte aus Abgeschiedenheit und Einsamkeit bestanden … bis sie Mitchell traf.

Ein weiterer Schritt.

Der letzte Refrain begann und wurde immer lauter und emotionaler. Alana spürte die Melodie in ihren Adern, spürte, wie sie ihr Blut erhitzte, wie der Text zu einem Teil ihrer Liebe zu Mitchell wurde. Länger konnte sie ihren Blick nicht abwenden. Sie musste sein Lächeln sehen und in die Tiefen seiner haselnussbraunen Augen blicken.

Allmählich hob sie ihren Blick – zu den Menschen in den Kirchenbänken, an denen sie vorbeiging, zu den fein geschnitzten Steinbögen und schließlich zum Mann ihrer Träume. Er stand aufrecht vor ihr, sein Grinsen breit, in seinen Augen ein Strahlen.

„Halt", flüsterte sie und ihr Großvater entsprach ihrer Bitte und blieb neben ihr stehen. Sie ignorierte die Panik in seiner Körperhaltung und nahm sich einen Moment Zeit für sich selbst, um diesen Traum vor ihren Augen festzuhalten und ihn sich für den Rest ihres Lebens einzuprägen. „Ich bin gesegnet."

Mitchell wirkte so stolz und so erhaben. Seine attraktiven Trauzeugen an seiner Seite. Ihre Mutter starrte ihr von der ersten Bank aus entgegen und Alana lächelte zurück.

„Ja, Kind, aber dein zukünftiger Ehemann gerät langsam in Panik, also überlege dir, ob du nicht ihm zuliebe weitergehst."

Alana warf einen Blick auf Mitchell und ein Gefühl des Bedauerns meldete sich in ihrem Magen. Seine Stirn war jetzt vor Sorge in Falten gelegt, seine Lippen zu einer schmalen Linie zusammengepresst.

„Ja, natürlich." Hitze stieg ihr in die Wangen. Sie hatte ihn nicht erschrecken, nur die Perfektion des Augenblicks einfangen wollen. Und das hatte sie getan. Dieser Moment wohnte nun in ihrem Herzen, füllte ihre Brust bis zum Rand, und egal, was die Zukunft ihnen bescherte, sie würde sich immer daran erinnern.

* * *

Mitchs Beine waren kurz davor nachzugeben. Sein überteuerter Anzug brachte ihn zum Schwitzen und seine Hände zitterten, aber egal, wie nervös er wurde, sein verliebtes Grinsen wollte er sich nicht aus dem Gesicht wischen. Alana raubte ihm den Atem. Die Worte. Die Gedanken. Sie war der Inbegriff makelloser Schönheit in ihrem glitzernd weißen Kleid, das Haar in lockeren Wellen um ihre Schultern gelegt.

Heaven. Das Lied, das er ausgewählt hatte, hätte passender nicht sein können. Er war bereits dort, im siebten Himmel, mit der einzigen Person auf der Welt, die ihn wirklich verstand. Bald würde sein Ring an ihrem Finger stecken und er würde für immer mit der schönsten Frau der Welt verbunden sein, die er je gesehen hatte. Und Alana war unfassbar schön – innen wie außen. Mehr als das. Sie war seine Seelenverwandte, die selbst die schlimmsten Tage leichter machte … aber er musste dringend pissen. Und heilige Scheiße, er hatte sein Gelübde wieder vergessen.

Panisch sah er zu seinen Trauzeugen und das Blut wich aus seinem Gesicht.

„Du siehst ein bisschen blass aus, Bro", grinste Blake.

„Ich kann mich nicht mehr daran erinnern, was ich tun soll."

Mason lehnte sich über Blakes Schulter. „Es ist ganz einfach. Alles, was du tun musst, ist, ihr deine Eier auszuhändigen und den Rest deines Lebens zu leiden."

Mitch schüttelte den Kopf und ein Lachen sprudelte aus seiner Brust, während er eine Handfläche in Masons Gesicht drückte und ihn zurück in die Reihe schob. Die vier Männer zu seiner Rechten waren Arschlöcher. Die größten Arschlöcher, die er je getroffen hatte. Aber sie waren auch die besten Freunde, die er jemals haben würde.

Wen kümmerte es, wenn er vergaß, was er sagen sollte? Sie würden es gemeinsam herausfinden, seine Trauzeugen, die Brautjungfern und seine zukünftige Frau. Für andere mochte es sich nicht so anfühlen, aber für ihn hingen sie alle an einem Strang. Waren eine Familie.

Alana blieb vor ihm stehen, ihre grünen Augen groß und hypnotisierend. Einen Moment lang dachte er darüber nach, die Zeremonie abzubrechen, mit ihr zurück in die Suite zu laufen und ihr langsam das Kleid auszuziehen, um jeden Zentimeter Haut, den er freilegte, zu genießen. Doch dann wurde sein

Schwanz neugierig und das Letzte, was er wollte, war eine Erektion vor einem Raum voller Menschen zu haben.

Nachdem er die Formalitäten hinter sich gebracht hatte, schüttelte er die Hand ihres Großvaters, dankte ihm dafür, dass er seine atemberaubende Braut zu ihm geführt hatte, und wandte sich dann an Alana. „Du bist …", er rümpfte die Nase, um das Kribbeln in seinen Augen zu lindern. Er hatte es schon zuvor gesagt und er würde es wieder tun, er war ein glücklicher Mistkerl.

„Rattenscharf", unterbrach Mason und verstärkte ihr strahlendes Lächeln.

„Heiß, Allie", fügte Sean hinzu.

Ryan lehnte sich vom Ende der Reihe zu ihr. „Wunderschön."

„Ja, Al", kam es von Blake. „Siehst nicht übel aus."

Ihre Augen leuchteten mit jedem Kompliment heller, bis ein neuer Schimmer von Tränen sich darüberlegte.

„Nicht weinen." Mitch strich ihr das Haar von den Schultern und erlaubte so ihrer mit Diamanten besetzten Halskette in der Nachmittagssonne, die durch die bodentiefen Fenster fiel, zu funkeln. „Du raubst mir den Atem."

Sie senkte den Blick und die Grübchen an den Rändern ihres Lächelns vertieften sich, während ihre Wangen sich dunkelrot färbten. „Danke", flüsterte sie und lugte unter ihren dunklen Wimpern hervor. „Ist alles in Ordnung? Das zusätzliche Sicherheitspersonal hat mir Sorgen gemacht."

Sein Blick schweifte zu den Bodyguards in den hinteren Ecken des Raumes. Sie fielen nicht auf, aber sie waren immer noch da und verweilten unnötig lange. Er nahm ihre Hand und drückte sie fest, bis sie aufhörte, unter der seinen zu zittern. „Nur eine Vorsichtsmaßnahme, Schätzchen. Es ist alles in Ordnung." Er würde nicht näher darauf eingehen, warum er Änderungen an ihrem Sicherheitskonzept hatte vornehmen müssen. Dieses Gespräch würde später stattfinden, hoffentlich, wenn die Nacht ohne Drama zu Ende gegangen war.

Sie nickte und drückte seine Finger, während ihr Gesicht erregt aufleuchtete.

„Bist du bereit?", fragte er, begierig darauf, loszulegen, und mit ihr nach der Ewigkeit zu greifen. „Ja." Sie straffte ihre Schultern und biss sich auf die Unterlippe. „Lass es uns tun."

Kapitel Zwanzig

ALANA SCHMIEGTE sich an Mitchs Hals und die Wärme ihres Atems erhitzte seine empfindliche Haut. Sie tanzten in einem langsamen, sich wiegenden Rhythmus. Der Stress der Zeremonie und der Reden bei ihrem Empfang war endlich vorbei, als Mason sang und Ryan die Gitarre zu einer Akustikversion von „Unchained Melody" von den Righteous Brothers spielte.

„Ich liebe dieses Lied", flüsterte sie und küsste diese perfekte Stelle unter seinem Ohr.

„Ich weiß." Er drückte sie fester an sich, einen Arm um ihre Taille gelegt, die freie Hand in den Haaren ihres Nackens vergraben. Er wusste, welche Musik sie liebte, und hatte die Playlist für den Abend speziell darauf abgestimmt. Mason und Ryan spielten Akustikversionen der langsamen Lieder, während eine andere Band die Gäste zum ausgelassenen Tanzen animierte.

„Wer hätte gedacht, dass du so ein Romantiker bist?", stichelte sie und lehnte sich zurück, um seinem Blick zu begegnen.

„Nur für Sie, Mrs. Davies." Gott, er liebte, wie das klang. Sie gehörte ihm, jetzt und für immer, und Gott möge jedem gnädig sein, der jemals versuchen sollte, sie zu trennen. Er neigte seinen Kopf, drückte seine Lippen auf die ihren und ging in dem Gefühl davon auf, wie sie sich gegen ihn sinken ließ. Ihre Arme wanderten über seine Schultern, glitten um seinen Hals, und sie starrten einander sehnsüchtig und schweigend an.

„Tut mir leid, wenn ich störe", sagte eine weibliche Stimme neben ihm.

Alana zog sich zurück und er stöhnte über die Unterbrechung ihrer hitzigen Verbindung.

„Alles in Ordnung, Jan?", murmelte er, ohne den Blick von der Schönheit der Frau in seinen Armen abzuwenden. Die Arbeit der Hochzeitsplanerin war getan, die Feier war ein voller Erfolg gewesen, die Gästeschar hatte sich bereits zu verflüchtigen begonnen und er hatte vor, in weniger als fünfundzwanzig Minuten im siebten Himmel zu schweben – wenn es nach seinem Schwanz ging.

„Alana, kann ich kurz mit deinem dich anbetenden Mann sprechen?"

Mitch sah Jan an, seine Sinne nun in Alarmbereitschaft, als er bemerkte, wie sie nervös mit den Fingern über einen kleinen Umschlag in ihrer Hand strich.

„Okay." Alana löste sich aus seiner Umarmung.

„Endlich", schnaufte Ryan neben ihr. „Ich habe mich schon gefragt, wann ich endlich mit der Braut tanzen darf." Er ergriff Alanas Hand und wirbelte sie in seine Arme. Mitch stieß einen erleichterten Atemzug aus. Er hatte das Gefühl, dass er seine Braut nicht in der Nähe dieses Umschlags haben wollte und war dankbar für Ryans Ablenkung. „Behalte deine Hände einfach oberhalb der Taille, Bruder."

„Ich werde mich wie ein perfekter Gentleman benehmen." Ryan zwinkerte, dann stellte er sich auf die Zehenspitzen und wirbelte Alana über die Tanzfläche, bis ihr Lachen die Musik übertönte.

Mitch lachte auf. Um Ryans Hände brauchte er sich keine Sorgen zu machen. Der Kerl gewann mühelos die Herzen der Frauen, einfach, weil er ein geschmeidiger Mistkerl war. Nicht, dass es eine Rolle gespielt hätte. Der Rhythmusgitarrist hatte seine Frau noch nie betrogen und Mitch glaubte nicht, dass er es jemals tun würde.

Als die beiden in die Menge tanzten, drehte er sich zu Jan um und jede Freude wich aus seinen Zügen. „Was ist los?"

„Folge mir." Sie führte ihn hinter den Tisch des Brautpaars und hielt den Umschlag hoch. „Es ist ein Brief von Alanas Vater. Er hat ihn an der Rezeption abgegeben und darum gebeten, dass er ihr übergeben wird."

Mistkerl. „Willst du mich verarschen?" Mitch hatte erst in der letzten Stunde begonnen, sich von der Bedrohung durch Chris Bowen zu erholen. Hätte der Mann nicht bis morgen damit warten können? War ihm nicht klar, welches Ausmaß der Zerstörung dieser Brief im Herzen seiner Tochter anrichten würde?

Jan schüttelte den Kopf. „Ich überlasse es dir, das Beste für deine Frau zu tun. Ich will ihr nicht den Hochzeitstag verderben, aber ich habe kein Recht, dir oder ihr diesen Brief vorzuenthalten."

Mitch biss sich auf die Zähne und nahm den Umschlag entgegen. „Weißt du, was drin ist?" Es könnte eine Nachricht oder ein Geschenk sein. Unabhängig davon wollte er ihn Alana nicht geben, aber er fühlte sich genauso schuldig wie Jan. Er hatte nicht länger einen legitimen Grund, die Sache geheimzuhalten.

„Tut mir leid. Ich habe keine Ahnung. Ich weiß aber, dass er noch im Hotel ist."

Er nickte und starrte auf Alanas Namen, der in schwarzer Handschrift auf der Vorderseite prangte. „Danke. Ich werde mich darum kümmern."

„Tut mir wirklich leid." Sie drückte seinen Oberarm und bekräftigte ihre Aufrichtigkeit mit einem gequälten Blick. „Ich wünsche euch eine wunderschöne verbleibende Nacht."

* * *

Ryan zog Alana fest an sich und genoss die Nähe eines weiblichen Körpers ein wenig zu sehr. Nicht auf eine sexuelle Art und Weise. Himmel, nein. Er vermisste die Art, wie eine Frau seine dunkelsten Gedanken mit der Berührung ihrer Hand oder einer einfachen Umarmung lindern konnte.

In den letzten Monaten hatte er die beiden wichtigsten Frauen in seinem Leben verloren und diese Leere war quälend. Seine Frau, an deren Seite er geschworen hatte den Rest seines Lebens zu verbringen, konnte nicht einmal an der Hochzeit eines seiner engsten Freunde teilnehmen. Dieser Tritt in die Eier tat immer noch weh. Ihr war „nicht der Sinn danach" gestanden. Verdammt. Für Ryan war dieser Abend der letzte Strohhalm auf einem bereits zehnstöckigen Heuhaufen gewesen.

Und dann war da noch Leah. Die Frau, die er für seine beste Freundin gehalten hatte. Der Schock über ihren Verrat quälte ihn noch immer. Niemals hätte er gedacht, dass sie ihm etwas verheimlichen würde, und schon gar kein Gerücht, das sich um seine Ehe mit Julie drehte.

„Ich frage mich, worüber sie reden", murmelte Alana und durchbrach damit den Bann seines Selbstmitleids. Sie stand auf ihren Zehenspitzen und sah über seine Schulter zu Mitch und der Hochzeitsplanerin hinüber.

Ryan zog sie an sich und drehte sie wild herum, bis sie quietschte. Mitch hatte alles darangesetzt, ein drohendes Familiendrama von seiner Braut fernzuhalten. Das Mindeste, was Ryan tun konnte, war, sie abzulenken, während der Bräutigam sich um das kümmerte, was auch immer Jan beunruhigt hatte. „Bestimmt ist es nichts."

„Er ist nicht glücklich."

Ryan tanzte weiter und drehte Alana dabei so, dass sie ihrem Mann den Rücken zuwandte. Nein, sein Freund sah nicht glücklich aus. In den kurzen Momenten, in denen Ryan das Gespräch zwischen den beiden beobachtete, wechselte Mitchs Gesichtsausdruck von Verwirrung über Verärgerung bis hin zu kaum beherrschter Wut.

Das Schlimmste war, dass Ryan neidisch auf Alanas Besorgnis war. Wann hatte sich seine eigene Frau das letzte Mal einen Dreck um ihn gekümmert? Vor zwei Jahren? Drei? Selbst die körperliche Liebe hatten sie vor langer Zeit aufgegeben und jetzt litt er unter dem schlimmsten Fall von blauen Eiern in der Geschichte.

„Ich glaube, ich sehe besser nach ihm." Ihre Hände fielen von seinem Hals.

„Nein." Er ergriff ihre Hand und zog sie fester an seinen Körper. „Das ist mein Tanz." Er drehte sie wieder, wobei er ihrem fragenden Blick auswich, während er mit ihr an das andere Ende der Tanzfläche tanzte.

„Ryan?"

„Hm?" Er vermied es weiter, ihr in die Augen zu sehen. Alana war nicht dumm. Ihr würde schon bald klar werden, dass etwas Großes vor sich ging, und das schon den ganzen Tag lang. Er musste sie nur noch ein wenig länger hinhalten.

„Was ist hier los?"

Er zuckte mit den Schultern und versuchte, sich einen Plan zurechtzulegen, aber der viele Scotch, den er getrunken hatte, machte das schwierig. „Ich hatte gehofft, du würdest es nicht bemerken." Er hatte keine Ahnung, worauf er damit anspielte, aber sie an seiner Seite zu halten und in ein Gespräch zu verwickeln, war das Einzige, was ihm auf die Schnelle einfiel.

Sie hielt inne und wartete darauf, dass er fortfuhr.

Er warf einen Blick über seine Schulter, stellte fest, dass Mitch immer noch mit Jan sprach, und beschloss, sich ein wenig zu amüsieren. „Okay. Schön." Er schnaubte. „Es wird zusehends schwieriger für mich, den Kommandanten unter Kontrolle zu halten." Er löste eine Hand von ihrer Taille und deutete subtil auf seinen Schritt.

Ihr Mund weitete sich, als ihr Blick zwischen ihnen hinab und dann wieder zurück zu ihm nach oben wanderte. Als sie ihm in die Augen sah, presste er seine Lippen aufeinander und versuchte, nicht über das Entsetzen in ihren Zügen zu lachen.

„Ryan! Was zum Teufel ist in dich gefahren?“ Sie schlug ihm spielerisch auf die Brust und setzte dazu an, wegzugehen.

Er lachte laut auf – es war das erste echte, befreiende Lachen, das er seit langer Zeit verspürt hatte. Julie zu heiraten, hatte aus ihm einen ruhigen, gut erzogenen Gentleman gemacht. Es war eine steile Kehrtwende von dem feierwütigen Teenager gewesen, der er bis zu jenem Zeitpunkt gewesen war, aber aus Respekt vor seiner Frau hatte er sich bereitwillig geändert. Mit jedem Tag, der verging, sehnte er sich nun mehr nach jener Wildheit, die der Rest der Reckless-Jungs die letzten Jahre über schamlos ausgelebt hatte. Er vermisste es zu flirten. Vermisste es, Spaß zu haben. Am meisten vermisste er zwar seine Frau, aber er glaubte nicht, dass er sie jemals zurückbekommen würde. Zumindest nicht jene fürsorgliche Frau, die er einst geheiratet hatte.

Mit zwei schnellen Schritten holte er Alana ein, ergriff ihre Hand und zog sie zurück. „Komm schon, Allie, das war ein Scherz. Aber du siehst wirklich umwerfend aus und dem großen Mann fallen solche Dinge eben auf.“

Sie legte ihre Hände auf seine Brust, um nicht die Balance zu verlieren. „Wow. Woher kommt den plötzlich dieses verspielte Rockstar-Klischee, Ryan Bennett? Ich dachte schon, du hättest keinen einzigen verruchten Knochen in deinem Körper.“

„Oh, ich habe sogar einen ziemlich großen Knochen.“

Alana schnaubte und zog damit die Aufmerksamkeit der in der Nähe tanzenden Paare auf sich.

„Okay. Vielleicht bin ich ein bisschen zu weit gegangen.“ Er zuckte mit den Schultern.

„Ja. Vielleicht.“ Alana nickte und sie lachten miteinander, nur dass dieses Mal sein Lachen verhallte, als ihm ein quälender Gedanke in den Sinn kam.

Er wollte, was Mitch und Alana hatten. *Verflucht.* Selbst bei all dem Kummer, den Gabi und Blake gerade durchmachten, würde er lieber in den Armen eines geliebten Menschen leiden, als die langsame Agonie einer sterbenden Beziehung zu ertragen.

„Alles okay?“

Er biss sich auf den Kiefer zusammen und schluckte die Trockenheit in seiner Kehle hinunter. „Ja.“ Er musste etwas mit seiner Ehe tun. Eine Entscheidung treffen. War er noch dabei, oder nicht?

„Ich hoffe, Julie geht es bald besser.“

Seine Nasenflügel blähten sich, als er Alana in die Augen sah. Er beschloss, zum Frontalangriff überzugehen, denn offenbar war er jetzt ein masochistischer Wichser. „Wir wissen beide, dass sie nicht krank ist.“ Alana zuckte zusammen.

„Es tut mir leid, Ryan. Hast du dich schon mit Leah versöhnt?“

Er holte tief Luft. Darüber würde er heute Abend nicht sprechen. Der Ort für diesen Scheiß war bei Dr. Phil auf der Studiocouch, nicht auf der Tanzfläche bei der Hochzeit seines Freundes. „Das Thema lassen wir.“ Er konnte nicht darüber sprechen, weil er sich immer noch weigerte, zuzugeben, dass die zerbrochene Freundschaft mit seiner Bandmanagerin ihn mehr schmerzte als die Scheiße mit Julie.

„Ich verstehe.“

Nein, das tat sie nicht. Niemand tat es. Bis vor ein paar Tagen war er das einzige verheiratete Mitglied der Gruppe gewesen. Keiner von ihnen wusste, was eine langfristige Bindung bedeutete. Sie verstanden nicht, was für eine permanente Belastung es war, seine Frau wochenlang allein zu Hause zu lassen, während man um den Globus tourte.

„Willst du, dass ich dich zu Mitch zurückbringe?“, fragte er, denn er hatte genug von ihren tiefgründigen und bedeutungsvollen Fragen. Er hatte versucht, sie so lange wie möglich zu beschäftigen, aber jetzt brauchte er Alkohol. Harten, betäubenden Alkohol.

Er sah sich im Ballsaal um und entdeckte den Bräutigam, der sie aus ein paar Metern Entfernung beobachtete. Ryan ruckte mit dem Kopf und bedeutete Mitch, seine Frau abzuholen. „Ich lasse euch dann mal allein.“

„Danke für den Tanz.“ Alana beugte sich vor und gab ihm

einen sanften Kuss auf seine mit Bartstoppeln übersäte Wange, bevor sie sich ihrem Mann zuwandte. „Ist alles in Ordnung?"

Ryan hielt inne, um selbst die Antwort auf ihre Frage zu erfahren. „Nein, Allie. Es tut mir leid. Wir müssen uns unterhalten."

Kapitel Einundzwanzig

ALANA KONZENTRIERTE sich auf den Umschlag, mit dem sich Mitchell wiederholt auf die Brust klopfte. Er war schlicht, weiß und trug auf der Vorderseite die Insignien des Hotels, zusammen mit ihrem Namen.

„Das ist ein Brief." Er hielt ihn ihr hin. „Von deinem Vater."

Ihr Blick wanderte zu ihm. „Ich verstehe nicht." Sie nahm den Umschlag und befühlte die kantigen Ränder. Ihre Kehle schnürte sich zu und Übelkeit machte sich in ihrem Bauch breit. „Warum schickt mir mein Vater einen Brief?"

Mitchell seufzte und schenkte ihr ein trauriges Lächeln. „Er ist hier, Allie."

Ihre Übelkeit wurde schlimmer. „Wo?" Sie drehte sich um und suchte den Ballsaal ab, um sich zu vergewissern, dass es ihrer Mutter gut ging.

„Nicht bei der Hochzeit, mein Schatz. Im Hotel. Ich habe es heute Morgen erfahren."

„Und du hast mir nichts davon gesagt?", flüsterte sie und richtete ihre Augen auf seinen besorgten Blick.

Er schüttelte den Kopf. „Nein. Ich wollte dich nicht beunruhigen. Aber das war der Grund für die erhöhten Sicherheitsvorkehrungen. Er wollte dich heute sehen und hat es nicht akzeptiert, als ich ihm eine Abfuhr erteilt habe." Eine schwielige

Hand ergriff die ihre und verschränkte ihre Finger miteinander. „Habe ich die richtige Entscheidung getroffen?"

„Ja." Sie nickte. Daran gab es keinen Zweifel. Sie musste keine Sekunde darüber nachdenken. Alana wollte sich nicht ausmalen, was passiert wäre, wenn ihre Eltern zusammen in einem Raum gewesen wären. Dafür war ihre Mutter nicht bereit. „Ich verstehe es trotzdem nicht. Warum ist er hier?"

„Ich nehme an, der Brief wird dir alles erklären."

Alana starrte auf den Umschlag, der nun in ihrer Hand immer schwerer wurde, unsicher, ob sie ihn öffnen sollte, besonders heute Abend. Seit sie ein kleines Mädchen gewesen war, hatte sie sich nach einem Vater gesehnt. Nicht nur nach jemandem, der mit ihr Fangen spielte oder ihr sagte, wie schön sie war – nein. Sie hatte sich nach jener Liebe gesehnt, die nur ein Vater geben konnte. Nach diesem winzigen Stück von ihr, das ihr immer gefehlt hatte. Sie hatte sich einen Mann in ihrem Leben gewünscht, der sich um sie und ihre Mutter kümmerte. Allerdings einen anderen als jenen, den sie seit ihrer Kindheit verabscheut hatte.

Dennoch hatten ihre Großeltern ihn ihr als gutmütige Seele beschrieben. Als jemanden, der sich aus der Ferne um sie sorgte. Als normalen Kerl, der einen monumentalen Fehler begangen hatte, für den er immer noch büßte.

Mit der Zeit war sie zu der Überzeugung gelangt, dass sie niemals einen Mann lieben könnte, der in der Lage war, ihre Mutter zu verletzen, aber ihn verstehen zu können, hätte ihr geholfen.

„Meinst du, ich sollte ihn öffnen?", fragte sie. Der Druck in ihrer Brust stieg. Sie musste wissen, was in dem Brief stand. Aber würde der Inhalt ihnen die Nacht ruinieren?

„Das kann ich dir nicht sagen, Allie." Mitchell sprach leise, die Traurigkeit hörbar in seiner Stimme. „Ich kann mit allem umgehen, was darin stehen mag. Ich bin mir nur nicht sicher, ob du es kannst."

Sie war sich selbst nicht sicher, doch es gab nur einen Weg, es herauszufinden. Mit klopfendem Herzen öffnete sie den

Umschlag und redete sich ein, sie könne jederzeit aufhören. Dann lag der Brief entfaltet in ihren zitternden Händen, die saubere Schrift leuchtete ihr entgegen, und es war zu spät, ihre Entscheidung zu ändern.

Liebste Alana,

Ich wollte dich wissen lassen, dass ich hier war. Dass dein Vater an deinem Hochzeitstag an dich gedacht hat. Obwohl ich nie ein Teil deines Lebens war, hast du mir immer die Welt bedeutet. Und ich hoffe, dass wir uns in der Zukunft, den Segen von Mitchell und deiner Mutter vorausgesetzt, kennenlernen können.

Ich habe Fehler gemacht. Das wissen wir alle. Und ich habe jeden Tag für sie bezahlt. Aber nicht mehr als heute, an dem Tag, an dem meine Tochter geheiratet hat. Ich wünsche euch beiden alles Glück der Welt. Ich wünsche euch beiden Glück, Erfolg und Liebe, aber vor allem wünsche ich dir die Fähigkeit zu verzeihen.

In Liebe

Chris Bowen.

Ihre Augen brannten, die Tränen kullerten langsam über ihre Wangen und tropften schließlich auf das Papier.

„Alles in Ordnung, Liebling?" Mitchells Hände strichen über ihre Oberarme und vermochten die eisige Kälte in ihrer Brust wegzuwischen.

„Ich glaube schon." Sie zitterte am ganzen Körper, ihre Hände, ihre Arme, ihre Beine. Sie las den Brief noch einmal und diesmal krampfte sich ihr Herz ein wenig mehr zusammen.

„Ich habe seine Zimmernummer, wenn du ihn sehen willst."

Wollte sie das? Ihr Blick suchte wieder ihre Mutter. Der sanfte Schein der Kerzen auf dem Tisch brachte ihre Freude zum Vorschein. Endlich, nachdem sie jahrelang mit einer verwünschten Vergangenheit hatte leben müssen, begann sie loszulassen. Konnte sich langsam von jener Angst befreien, die sie so lange kontrolliert hatte.

„Nein." Alana schüttelte den Kopf und steckte den Brief vorsichtig zurück in den Umschlag. „Nicht heute Nacht." Sie trat an Mitchell heran, schlang ihre Arme um seine Hüften und drückte ihre Lippen auf seine. „Der heutige Tag war perfekt. Ich habe den Mann geheiratet, den ich anbete. Meine Mutter verliert endlich etwas von ihrer Verrücktheit, die wir alle zu fürchten gelernt haben. Und mein Vater ...“, sie zuckte mit den Schultern, „liebt mich.“

Nicht in ihren kühnsten Träumen hätte sie sich ihren Hochzeitstag so erfüllend ausgemalt.

„Du bist eine starke Frau, Alana.“

Nein. Sie war nicht stark. Sie schöpfte ihre Stärke von all den Menschen, die sie unterstützten – von Mitchell, ihrer Mutter, der Crew von Reckless Beat. Mit ihnen im Rücken war alles einfacher. Sie hoffte nur, dass es Blake und Gabi bei ihren Kämpfen genauso erging.

„Ich bin stark, weil du mich liebst.“

„Und das werde ich immer tun.“ Er küsste sie und seine Zunge glitt mit einem zarten Schwung in ihren Mund. Sie wiegten sich im Takt der Musik, während ihre Leidenschaft mit jeder Berührung ihrer Lippen intensiver wurde.

„Warum verabschieden wir uns nicht von unseren Gästen und gehen ins Penthouse?“, fragte sie.

Er lehnte seinen Kopf an ihren und drückte die Härte seiner Erektion gegen ihren Unterleib. „Wie wärs, wenn wir die Formalitäten weglassen? Ich kann nicht so lange warten.“

Sie kicherte gegen seine Lippen und ihr Innerstes krampfte sich schon beim Gedanken an ihre Zeit zu zweit zusammen. Er nahm ihre Hand und machte einen Schritt rückwärts, dann führte er sie durch die Dunkelheit entlang des Saalrandes hinaus, um unbemerkt zu verschwinden.

Es war das Ende eines großartigen Tages und erst der Anfang eines wunderschönen gemeinsamen Lebens.

Epilog

„ZEIT FÜR MATRATZENSPORT, Bruder." Mason stieß sich von seinem Stuhl ab und klopfte Sean auf die Schulter, der von dieser Aussicht wenig begeistert war. „Wir sehen uns später."

Er war in der Stimmung für eine langbeinige Blondine. Oder eine Rothaarige. Vielleicht auch beide gleichzeitig, wenn sie Glück hatten.

„Wen nimmst du heute Abend mit nach Hause?", lallte Ryan und sackte in seinem Stuhl nach vorne. Der arme Kerl ertränkte seinen Liebeskummer und Mason brachte es nicht übers Herz zu fragen, warum. Er hatte es nicht so mit Eheproblemen. Sie alle wussten, dass er noch nie eine langfristige Beziehung gehabt hatte.

„Ich bin mir nicht sicher, Kumpel, aber vielleicht sollte dein nächstes Getränk Wasser sein."

„Wasser?" Ryan runzelte die Stirn. „Ich verstehe dich nicht", hob er seine Stimme an und fuchtelte mit einem Finger in Masons Richtung. „Neunundneunzig Komma verdammte neun – neun – neun – neun Prozent der Zeit benimmst du dich wie ein *Arsch*. Ein *riesengroßer* Arsch. Dann sagst du mir, ich soll Wasser trinken, und ich verliebe mich wieder Hals über Kopf in dich."

Ryans Kopf kippte zurück und einen Moment lang musste

Mason grinsen, weil er dachte, der arme Kerl wäre aus den Latschen gekippt. Dann schwang sich der Gitarrist aber nach vorne und manövrierte sich in eine aufrechte Position. „Warum hast du das getan?“, fragte er, die Augen immer noch geschlossen. „Warum bist du ein Arsch? Und dann wieder ein Kein-Arsch?“

Mason ignorierte die Frage, während sein Lächeln verblasste. Er hatte keine Kontrolle über das Arschloch, zu dem er geworden war. Diese Tatsache gefiel ihm nicht, aber so war er nun einmal. Die Musikindustrie hatte ihn zu einem skeptischen, herzlosen Arschloch gemacht, und er hatte sich mit diesem Lebensstil abgefunden. Manche Menschen hatten Liebe und Glück und Freundschaften, die nicht in Hinterhältigkeit und Betrug endeten. Andere hatten Ruhm und Reichtum und all die Hässlichkeit, die damit einherging. Niemand hatte alles. Und er hatte ganz sicher nicht vor, darüber zu jammern, welche Karten das Leben ihm ausgeteilt hatte. Seine Karten waren immer noch verdammt gut.

„Sean, hol ihm etwas Wasser, ja?“ Mason hatte selbst genug erstklassige Kater durchlebt, um zu wissen, dass Ryan im Moment keinen brauchte.

„Ja. Kein Problem.“ Sean nickte und stand schwungvoll von seinem Stuhl auf. „Viel Spaß.“

Mason grüßte ihn mit einem Victory-Zeichen und machte sich auf den Weg zu Braut und Bräutigam. Er umkreiste die Tanzfläche und hielt seinen Blick dabei von Alanas Freundin Kate fern, die ihn betrachtete wie ein Geier seine Beute. Nichts an ihr war subtil und Mason beschloss, dass sie ihm heute Nacht nicht zu nahe kommen würde.

„Ahh, genau der Mann, den ich sehen wollte.“ Leahs Stimme jagte ihm einen Schauer über den Rücken.

Er hasste es, dass sie mittlerweile in der Lage war, ihn nervös zu machen. *Nervös* war nicht sein Ding. Noch nie gewesen … bis vor Kurzem.

„Hallo, Leah“, murmelte er, ohne ihr in die Augen zu sehen.

„Ich will mich gerade von unserem glücklichen Paar verabschieden und Feierabend machen.“

„Die beiden sind schon weg. Aber gute Entscheidung, du brauchst so viel Schlaf, wie du nur kriegen kannst.“

Unter seinem rechten Auge zuckte ein Blutgefäß. „Fang nicht damit an.“ Er verengte seinen Blick auf sie, untermauerte seine Aufforderung mit dieser körperlichen Drohung. Er wollte nicht mitten auf einer Hochzeit einen Streit vom Zaun brechen.

„Ich fange gar nichts an.“

Doch, das tat sie. Sie bedrängte ihn schon seit Monaten, ihre Anrufe und E-Mails wurden immer häufiger und fordernder. Der Druck, der sich abzeichnete, wurde zu viel. Er hatte nicht mehr den Antrieb, ein neues Album zu kreieren. Oder für Fans auf Tour zu gehen, die Reckless in der einen Minute liebten und sie in der nächsten auf sämtlichen sozialen Medien schlecht machten. Alles, was es dafür brauchte, war eine schief gesungene Note von ihm, ein verpatzter Beat von Sean, oder ein vergeigter Akkord von Mitch. Dann wurden die Krallen ausgefahren und die Boshaftigkeit begann. Jeder war ein Kritiker. Loyalität war ein Ding der Vergangenheit.

Je mehr er darüber nachdachte, desto mehr ärgerte es ihn.

Er konnte nicht einmal mehr seinen Verwandten trauen. Sie interessierten sich einen Dreck für sein Leben. Alles, was sie interessierte, waren kostenlose Konzertkarten und das Ansehen, das über den Familienstammbaum zu ihnen nach unten sickerte. Aber für ihn da waren sie nur in guten Zeiten. Wenn ein Skandal aufkam oder schlechte Publicity die Schlagzeilen beherrschte, riefen seine Onkel sofort seine Mutter an und beklagten sich darüber, wie die Sache ihr Leben beeinträchtigte. *Sein* Leben und das Leben seiner Bandkollegen ging niemanden etwas an.

„Ich habe dir gesagt, dass ich mich heute Abend zurückhalte“, fuhr Leah fort. „Ich bin als Gast hier, nicht als eure Bandmanagerin.“

Tja, dann halte dich verdammt nochmal zurück. Ihn ständig mit einer Muse zu nerven, über die er keine Kontrolle hatte, würde nicht dazu beitragen, das nächste Album in Gang zu bringen. „Dann gute Nacht." Er hatte genug. Er war ausgelaugt, körperlich und geistig müde, und wollte zur Abwechslung seine Ruhe haben. Er wollte allein nach Hause gehen und sich nicht mit den Gründen für seine Probleme beim Songwriting auseinandersetzen.

„Ich gebe dir eine Woche", fügte Leah hinzu. „Danach werde ich dich so hart reiten, dass dein Arsch blutet." Ihr Gesicht verzog sich zu einem umwerfenden Lächeln. „Und vielleicht ist es der Alkohol, der aus mir spricht, aber ich freue mich irgendwie schon darauf."

Er biss sich auf die Zunge und rang sich jeden Funken Selbstbeherrschung ab, um die Wut, die ihm auf der Zunge lag, zu unterdrücken. Er hasste das. Hasste es, seine Arbeit nicht machen zu können. Hasste es, dass seine Muse ihre Sachen gepackt hatte und in den Urlaub gefahren war, ohne ihm ein Rückkehrdatum zu nennen. Vor allem aber hasste er es, schwach zu sein. Er war der Frontmann und Songwriter einer der meistverkauften Rockbands der Welt – er war nicht schwach. Was er war, war laut und stolz und verdammt genial.

„Scheiß drauf, Leah." Er warf die Arme in die Luft, unbeeindruckt davon, dass sie zurückzuckte. „Ich kündige."

Sollte das Label doch einen anderen Trottel finden, der ihnen Milliarden einbrachte. Er hatte den Weg der Musik ursprünglich mit Sternen in den Augen und der Musik als einzigem Fokus in seinem Herzen beschritten. Jetzt war er zu einem Monster mutiert, und das Schlimmste daran war, dass er sich an die ständige Kritik sogar gewöhnt hatte. Kein Wunder, dass seine Muse tot und begraben war – wie sollte er Lieder schreiben, wenn er sich selbst hasste?

Der Humor wich aus Leahs Gesichtszügen. „Mason, reiß dich zusammen. Das war ein Scherz."

„Tja, von dir vielleicht."

Er würde gehen. Eine Pause einlegen. Sich die Zeit nehmen, um über die verschiedenen Optionen nachzudenken, die ihm offenstanden, denn von dem Weg, auf dem er sich befand, hatte er die Nase gestrichen voll. Es gab zu viele Regeln. Zu viele beschissene Themen, die das Herz seiner Musik manipulierten. Alle ihre Songs mussten sich an einen ähnlichen Stil halten. Sie durften nicht davon abweichen. Sie konnten nicht mit anderen Genres oder Klängen experimentieren.

Er war es leid, Texte zu schreiben, die den aktuellen Trends entsprachen. Er wollte aus dem Herzen heraus schreiben, falls er sein eigenes jemals wiederfand. Vor allem aber wollte er frei sein, das zu tun, was ihm verdammt noch mal Spaß machte.

Genug. Mein Gott, er redete mit sich selbst.

„Mason?", fragte Leah zögerlich.

„Ruf das Label an. Sag ihnen, dass ich aus meinem Vertrag aussteige." Er atmete tief durch die Nase ein und ignorierte die Panik in Leahs Augen. „Ich kann diese Scheiße nicht mehr mitmachen."

Ohne ein weiteres Wort drehte er sich um und verließ den Ballsaal, unsicher, ob das harte Pochen hinter seinem Brustbein von Erleichterung herrührte oder von der Angst, in diesem Moment den größten Fehler seines Lebens zu begehen.

Weitere übersetzte Titel von Eden Summers

RECKLESS BEAT

- Blinde Verführung
- Leidenschaftliche Sucht
- Gewagtes Wochenende
- Verwehrte Lust

HUNTING HER

- Hunter
- Decker
- Torian

THE VAULT

- Erwacht
- Vereint
- Gnadenlos

Abonniert den Newsletter, um über Eden Summers nächste deutsche Veröffentlichungen Bescheid zu wissen.

Über die Autorin

Eden Summers ist eine Bestsellerautorin von zeitgenössischen Liebesromanen, die sich durch eine gehörige Portion Knistern und Sarkasmus auszeichnen.

Sie lebt in Australien mit ihrer jungen Familie, die sich durchaus bewusst ist, dass sie langsam aber sicher dem Wahnsinn verfällt.

Eden hat ein Faible für extrem dominante, dunkelhaarige und sarkastische Romanhelden; ihre Heldinnen sind starke Frauen, die ein Gespür dafür haben, wann sie sich auf die Zunge beißen oder mit einem lieblichen Lächeln Rache nehmen sollten.

Weitere Informationen:
www.edensummers.com
eden@edensummers.com